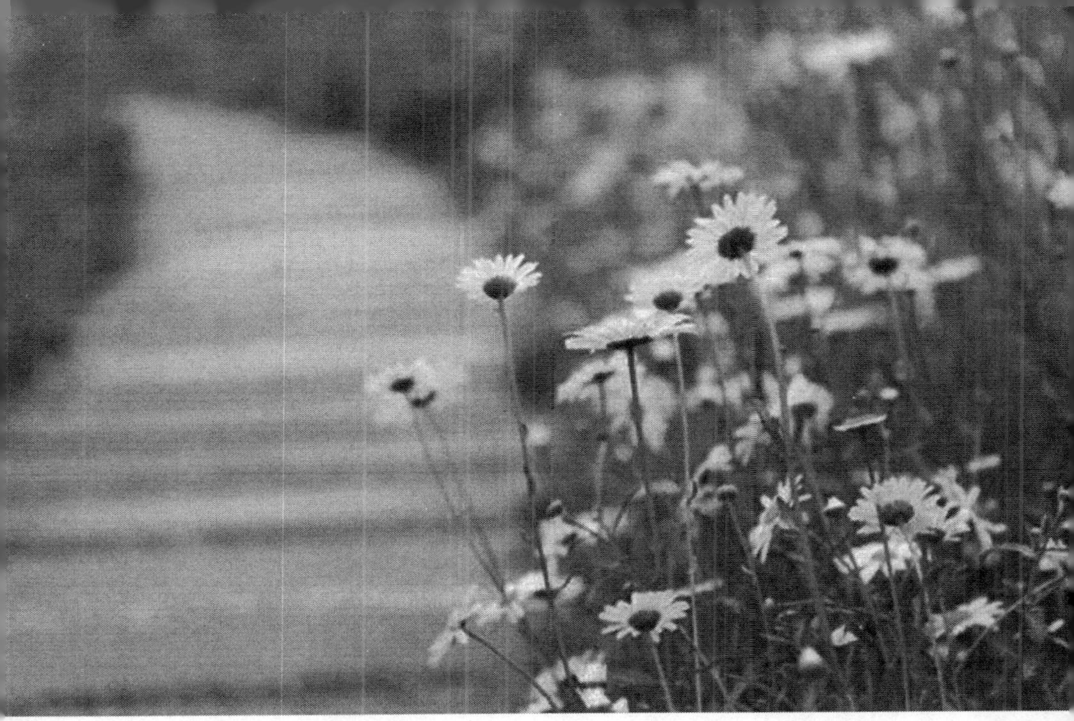

人生无处不成诗

RENSHENG WUCHU BUCHENG SHI

徐继超 著

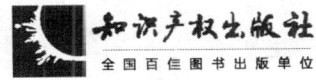

图书在版编目（CIP）数据

人生无处不成诗／徐继超著．—北京：知识产权出版社，2016.9

ISBN 978-7-5130-4488-2

Ⅰ.①人… Ⅱ.①徐… Ⅲ.①诗集—中国—当代 Ⅳ.① I227

中国版本图书馆 CIP 数据核字（2016）第 231300 号

内容提要

《人生无处不成诗》将作者的人生经历和生活的感悟、独到的见解还有深邃的思考，以诗、词、文及独创的直戳心灵的微诗和数十首唐诗的深层次演绎，精彩展现并集合在一起。

《人生无处不成诗》将诗歌溶入生活，将生活化为诗歌；用心中诗意和手中笔墨，描绘世间情感，歌颂自然美好。

《人生无处不成诗》将带给读者朋友激励、共鸣、感悟。

《人生无处不成诗》适合大众阅读。

责任编辑：荆成恭　　　　　　　　　**责任出版：**卢运霞
封面设计：刘　伟

人生无处不成诗
　徐继超　著

出版发行：知识产权出版社有限责任公司	网　　址：http://www.ipph.cn
社　　址：北京市海淀区西外太平庄 55 号	邮　　编：100081
责编电话：010-82000860 转 8341	责编邮箱：jcggxj 219@ 163.com
发行电话：010-82000860 转 8101/8102	发行传真：010-82000893/82005070/82000270
印　　刷：北京中献拓方科技发展有限公司	经　　销：各大网上书店、新华书店及相关专业书店
开　　本：880mm×1230mm　1/32	印　　张：8.5
版　　次：2016 年 9 月第 1 版	印　　次：2016 年 9 月第 1 次印刷
字　　数：176 千字	定　　价：26.00 元

ISBN 978-7-5130-4488-2

出版权专有　　侵权必究
如有印装质量问题，本社负责调换。

目 录

前　言 / 1

古　风

逍遥游 / 3

风　云 / 3

记　事 / 4

咏莲贺于涛得子名之栌阳 / 4

题某企业文化 / 4

赴部参会电梯遇某领导有感 / 5

红颜薄 / 5

《双城记》写情 / 5

家姐所寄进口衣衫内商标所印原产地为中国有感 / 6

静躁偶思 / 6

秀　木 / 6

弄玉有思 / 7

车中念女 / 7

人生无处不成诗 / 7

春　花 / 8

圣诞节书写祝福语随赠诸君 / 8

梦　君 / 8

新年计 / 9

地铁口买煎饼闻游商回答有感 / 9

二零一二中秋之际望月有感于台海相隔 / 9

赏上海博物馆双卯有感 / 10

过徐州观云 / 11

登　山 / 11

钓鱼岛事件有感 / 11

帝王恋 / 12

鸿 / 12

公交颠者 / 12

江南奇侠 / 13

上班途经国贸杂感 / 13

回东北省亲途中观旱改水有感 / 13

时　至 / 14

遥寄王双超 / 14

致低头追剧族 / 14

画　眉 / 15

换整为零手续费打油诗 / 15

浅斟有思 / 16

赠执政 / 17

诗视频 / 17

赠现实主义诗人 / 17

神姿女 / 18

题牡丹 / 18

心灵与肉体之关系 / 18

有　思 / 19

思奇友 / 19

赠华图教育集团高级副总裁于洪泽老师 / 19

年三十六感怀有作 / 20

诗　匠 / 20

诵杜甫诗有感 / 20

鸳鸯乐 / 21

题梦露经典照片 / 21

魏孝文帝指弹破骨 / 21

放旷吟 / 22

小姐妹 / 22

谈　诗 / 23

相　知 / 23

丽　女 / 23

再观国家博物馆曹植陶案与双耳杯悯然为赋十韵 / 24

酒后五首 / 25

　　其一　清夜下班归来歌 / 25

　　其二　幽　默——服务生送错菜 / 25

　　其三　酒　后 / 26

　　其四　倾　樽 / 26

　　其五　银　毫 / 26

双星会 / 27

风　松 / 27

工作日笔记之电脑前偶思 / 27

赠　君 / 28

逢旧人 / 28

诗家射雕将 / 28

南天云 / 29

初乘 G101 次高铁为赋十韵 / 29

诗　泉 / 30

租客交房结算有感 / 30

赠清士 / 30

秦孝公 / 31

神　情 / 31

小鲜肉 / 32

读唐史及徐寅句有感因敬续 / 32

追　志 / 32

四意诗夜感咏菊 / 33

9月15日晚公交车中有思 / 33

含　笑 / 33

读明史叹张居正 / 34

高日青蝇 / 34

昨雨初晴即事 / 34

伤蚯蚓 / 35

欣闻大勇屈枉得解 / 35

溪树情 / 36

甄客口占——沉迷手机游戏有悔 / 36

初春赠成恭郑毅二兄 / 36

门户网站标题党 / 37

汝　情 / 37

香枝朗日词 / 37

有　感 / 38

午夜独坐有怀 / 38

无　题 / 38

月下吟 / 39

对月遥怀上海 / 39

云中寄情 / 39

英雄赋 / 40

京城青云北社区隔断间中自励述怀 / 40

相　思 / 41

犬　吠 / 41

诗与思 / 41

十一月二十四日沈阳至北京途中感怀 / 42

邀　月 / 42

飞鹏歌 / 42

雪中梅 / 43

冬　忍 / 43

夏　书 / 43

晚　雷 / 44

赠　友 / 44

元月反躬自省记 / 44

四十字歌 / 45

国庆欣咏苑中景 / 45

天津省亲途中感怀 / 45

月 / 46

云 / 46

风 / 46

楼台夜题 / 47

地铁9号线打油诗 / 47

赠关凌弟兄相看 / 47

赠逸士 / 48

思行歌 / 48

读史有感 / 48

返沪途中思大勇兄 / 49

夜闻书香有感 / 49

车行蓟县有怀 / 49

春节登八达岭长城怀古 / 50

叹婚姻 / 50

十月从沪返京车中过沧州望云如山有感 / 50

美　女 / 51

正月十五在北京天通苑合租房深夜感怀 / 51

霾锁京都 / 51

秋日京城咏双榆 / 52

秦李冰父子治水的联想 / 52

读史叹北魏孝文帝 / 52

题临街宅 / 53

赠哈尔滨不知名大哥 / 53

春风柳絮语 / 53

寄内二首 / 54

　其一 / 54

　其二 / 54

冬日未开通暖气震脚驱寒 / 54

听罗朗穆赫爵士口琴 / 55

叹刘文静 / 55

地铁里读史感怀 / 55

洪雨苗送我德国巧克力 / 56

感怀寄情 / 56

诗　心 / 56

天灰北风寒 / 57

记梦—密室 / 57

情欲心锁 / 57

增字诗 / 58

读史有感：从来王者得天下未尝不使生灵涂炭独光武异之 / 59

读范文正公家语 / 59

爱自然 / 59

登金山岭长城感民族英雄戚继光将军晚景 / 60

代网友作断网诗 / 60

题辽宁大厦赠郝月敏副总经理及诸友 / 61

寄　世 / 61

弹琴悦女 / 61

如　水 / 62

瞻故宫坤宁宫追怀周后节烈 / 62

游乾清宫感怀 / 62

玉　诗 / 63

闻广播歌曲有作 / 63

赠于洪泽兄 / 63

冠城园有作 / 64

长乐心 / 64

梁　祝 / 64

题驾车摆弄手机者 / 65

题 2015 年 11 月 6 日北京初雪 / 65

农民工乘地铁被个别人嫌弃有感 / 65

芳尘远 / 66

年 / 66

赢于勤 / 67

上海地铁 9 号线偶拾 / 68

及春登山 / 68

世　情 / 69

宿怨消 / 69

绮　树 / 69

刘郎志 / 70

弯　月 / 70

题青花籽佩玉 / 70

二零一五年国庆出游神堂峪咏三白鹅 / 71

微之诗 / 71

千载知已 / 72

清　风 / 72

赠履道兄 / 72

《新闻联播》偶思 / 73

沈阳高铁东归代人作 / 73

送白约翰同赠众兄姊 / 73

题学院路绿化带 / 74

幽　兰 / 74

感　月 / 74

《资治通鉴》二百九十四卷读毕有思 / 75

新　诗

沙坡头怀古 / 76

伤情苏州河 / 77

绿蜻蜓·鹰 / 78

琴的际遇 / 79

钢铁玻璃 / 79

问　答 / 80

不要轻易走进一个女人的生活 / 80

三种史官 / 81

远　方 / 82

论　说 / 82

主　张 / 83

没有装饰是最美的装饰 / 83

思　念 / 84

感　觉 / 85

蓝　白 / 85

我　愿 / 86

红色的泪滴 / 87

天边的烟霞 / 88

格　局 / 88

今夜难眠 / 89

沙　粒 / 90

冷了的心拿什么捂热 / 90

地铁里的吉他手 / 91

等 / 92

街上随想 / 93

灯下随笔 / 93

何必在意 / 94

夜·黎明 / 94

也　许 / 95

有一种药叫可乐 / 95

梦·埋 / 96

银　行 / 96

我的孤独和寂寞 / 97

拿什么证明我爱你 / 98

愁看窗外喜鹊儿 / 98

爱情的诠释 / 99

向你祈求 / 99

风雨深意 / 100

灵　感 / 100

邂　逅 / 101

骑车随记 / 101

已是过去 / 102

唯有坚持才能非凡 / 102

天　使 / 103

佳　人 / 104

忽然明白 / 105

知己少 / 105

真　假 / 106

相　忘 / 106

墙 / 107

铠　甲 / 108

冬日办理暂住证有感 / 108

想送杜甫一台上网本 / 109

来自上帝的微笑 / 110

两个我 / 111

别把我当成你的潜力股 / 112

要感动别人先感动自己 / 112

听歌偶记 / 113

大荒赋 / 114

用微笑鼓励自己 / 116

诗歌·故事 / 116

感恩的季节 / 117

爱与钱 / 118

有点窘 / 119

面　试 / 120

路上呓语 / 120

洒　脱 / 121

悍　马 / 122

你以为躲得过天理昭彰 / 124

友人结婚而作 / 126

最纯真的爱 / 127

祝福的眼 / 128

爱和真 / 128

保持谦虚 / 129

算不得什么 / 129

我想和你一起走着，走着，一直的 / 130

两米居 / 131

815 公交车站的偶遇 / 132

端正好 / 133

一个美丽一个高远，一个淡雅一个鲜艳 / 134

事　业 / 135

我是中国人 / 136

愚蠢的聪明人 / 137

这一季 / 138

他世将以情还你 / 139

我已悄悄地把你的样子刻在了心里 / 140

一边……一边 / 140

想要拥抱每一位路人 / 141

灵感的落叶 / 141

女人是一道风景 / 142

我心安处即是家 / 143

写给未来 / 143

好人坏人 / 144

无　真 / 144

K线·颠 / 145

风与花 / 146

请别玩手机 / 146

那些概念 / 147

奈　何 / 148

解　题 / 148

"您"的双眼 / 149

天地至美 / 150

风的活力 / 151

山　顶 / 151

人间烟火与人情世故 / 152

两点之间 / 152

谄笑像刀 / 153

尧舜引力波华盛顿杰斐逊 / 154

题路边小广告赠环卫工人及志愿者 / 154

朽木与璞玉的境遇 / 155

太 / 155

孤独为伍 / 156

脑电波信息 / 156

遇路怒族有感 / 157

题一张网传飞机拍摄北京上空照片 / 157

如果风儿不曾吹向你 / 158

古文与白话文 / 158

微 诗

资本的扩张 / 159

公立幼儿园——听小区保安与租户对话有感 / 159

知你幸福我更心安 / 160

赠友人将从欧洲归国 / 160

不要 / 160

观 / 160

照无疆 / 161

环境的适应或改变 / 161

眼　中 / 161

《史记》与《资治通鉴》/ 162

在世间行走的天使 / 162

什　么 / 163

蓝天白云的美好 / 163

河　边 / 163

奢　望 / 164

欲与好 / 164

奴　隶 / 164

中国大妈指标 / 164

祝你平安 / 165

记　梦 / 165

致自己 / 165

大声说话 / 166

诗有七炼 / 166

宁 / 167

天微蓝 / 167

词

无　闷 / 168

醉花阴 / 168

卜算子 / 168

鹊桥仙 / 169

采桑子 / 169

金陵（自度曲）/ 169

踏莎行 / 170

秦剑长 / 170

他年若相逢——看手机视频有感于行为艺术家玛丽娜（Marina）和尤列（Ulay）的故事 / 171

漫漫长路仁者远 / 172

记　梦 / 172

学院路花开满树 / 172

花易老 / 173

游园春 / 173

至　晨 / 173

男人的沉默 / 174

流浪的猫咪 / 174

向阳花 / 175

那么，你错了 / 175

喜　欢 / 175

心的方向 / 176

爱情的苦酒 / 176

风中天使 / 177

为君守身如玉 / 177

香　绮 / 178

我从梦中惊醒 / 179

眼跳歌 / 180

不愁不恼小喜鹊 / 180

偶过牡丹园 / 180

唯　一 / 181

年轻的心不再沉寂 / 182

草原姑娘 / 183

生命是一道印迹 / 184

寻觅爱情 / 186

永远对你好 / 187

且行且歌 / 188

梦成就 / 189

这片土地叫华夏 / 190

梦的自由 / 191

梦在飞翔 / 192

路 / 193

爱无疆 / 194

音乐盒 / 196

上班族的礼拜天 / 197

花之颜 / 198

梦相知——唐肃宗与李泌 / 199

往日情怀 / 200

唐诗演绎

李世民

赋秋日悬清光赐房玄龄 / 201

初秋夜坐 / 203

赐萧瑀 / 204

咏烛二首 其一 / 205

李百药

雨后 / 206

王 绩

春桂问答二首 其一 / 208

山夜调琴 / 209

元 稹

菊花 / 210

幽栖 / 211

刘禹锡

咏史二首 其一 / 212

张九龄

感遇 其一 / 213

虞世南
　　蝉 / 214
　　怨歌行 / 215

杜　甫
　　贫交行 / 216

王之涣
　　宴词 / 217

贺知章
　　题袁氏别业 / 218

上官仪
　　入朝洛堤步月 / 219

韩　翃
　　寒食 / 220

白居易
　　问刘十九 / 221

上官婉儿
　　游长宁公主流杯池二一五首　其十一 / 222
　　游长宁公主流杯池二一五首　其十二 / 223

宋　璟
　　送苏尚书赴益州 / 224

张　旭
　　山行留客 / 225

李　益
　　写情 / 226
　　彩书怨 / 227

杨巨源
　　襄阳乐 / 228
　　衔鱼翠鸟 / 229

沈佺期

早发平昌岛 / 230

钓竿篇 / 231

沈如筠

闺怨 / 232

杜 牧

送人 / 233

文

解决问题之道——挠痒处与转璇玑 / 234

选才论 / 237

得人诀 / 238

桃花·美人·才子——独孤及《和赠远》诗与
崔护《题都城南庄》诗之比较 / 239

备字于人，何其紧要 / 240

千古贤相高颎的一次失言 / 241

事十而功一与事一而功十 / 243

说话的技巧 / 246

说话避免相似音 / 248

能简不繁 / 249

控制好办事的节奏，安排好事务的布局 / 250

机 会 / 251

后 记 / 252

前　言

"诗是圣洁的，不要在这么俗气的地方打开。"这是有一次我在酒馆里向友人赠送一幅新作时他说过的一句话。听此言，起初并不在意，但后来这句话却久久在耳畔回响，令我深思。虽然我与圣洁二字还差十万八千里，但我仍然觉得，诚如友人所言，诗歌确实是圣洁的，它是人们心中最纯净、最深刻、最珍藏部分的映照。本书中有古体诗、现代诗、词、文章以及我特别喜爱的一部分唐诗的演绎。形式虽然比较多，但主题只有一个，那就是对于人生和社会的一些思索和感悟。希望以此与读者朋友交流和分享。如果读者朋友愿意花大约一杯咖啡的钱来买一本我的"诗集"，将是对我莫大的鼓励与支持。如果这本书能在读者朋友们闲暇翻看之余，为大家带去些许快乐、激励、共鸣或感悟，我将深感荣幸。"人生难得一知己""相逢何必曾相识"能够通过诗歌使心灵产生默契，即使从未见过面，不也是可以称作知己吗？

我写诗有时是坐在车上，有时是躺在床上，有时是走在路上；有时是在豪华的会场，有时是在偏僻的荒野；有时是在人潮之中，有时是独自一人；有时心事沉重，有时心情爽朗。当诗意灵光一现时，我就赶紧用手机或纸笔记录下来，恐怕忘记。人生时时有感悟，人生处处有诗意。所以，这部诗集就叫"人生无处不成诗"。诗歌创作可以不拘泥于形式、时间或地点，但有一点是非常重要的，那就是需要将诗意深藏于内心不断提炼和升华，用心、用情去呵护这份美好。一首既有灵魂又有血肉的诗才是一首好诗，它既有真实的情感能够引发人们的共鸣，又有可欣赏的艺术性给人们以美感，还有为社会带来正能量的功能，使人们得到有形或无形的帮助。

　　这部诗集是我 15 岁至今的大部分积累，有些不免肤浅，但仍予以保留，目的是让更多爱好诗歌的朋友了解诗歌写作的过程和经历，使更多爱好诗歌的朋友参与进来，开创一片属于我们这个时代的诗歌新天地。《尚书尧典》中说："诗言志、歌咏言。"早在上古之时，先民所言之志，所咏之言，已不局限于抒发和表达个人的喜怒哀乐，而是兼有更大范围上对群体的关怀和代言。为自己代言，为他人代言，诉说各样的酸甜苦辣；为自然界的万物代言，歌咏情景迥异的奇妙景色；为世间各样的事物和情感代言，诉说人类的悲喜境遇。这不但是诗人的权利，更是诗人的使命。

　　由于我的水平有限，阅历浅薄，不足之处万望读者朋友海涵并指正。最后祝愿读者朋友天天开心，身体健康，事业有成，万事如意！

徐继超

2016 年 6 月 18 日于北京海淀

古 风

逍遥游

【序】

当时我在各地出差,经常听到有年轻同事谈论出差的辛苦和风险情况,希望调换到离家近的工作地点。虽然知道这是人之常情,但我心中颇不以为然,觉得刚毕业的年轻人应该以事业为重,享乐为轻。无论在哪里,有出色的业绩是事业的前提。干好工作会使家人感到高兴,也不辜负年轻人的一番志向。联想到此,有感而写。

鹰展鲲腾恣纵横,苍梧昆仑云海中。
男儿当有天下志,莫问此身辱与荣。

【注】

鲲:鲲鹏,庄子《逍遥游》中所记之神鸟。
恣:恣意潇洒。
苍梧、昆仑:屈原《离骚》和《山海经》中所记古地名。有极南、极北遥远之意。

风 云

风云千幻势无定,洋深海阔自有容。
凭窗坐看潇潇雨,闲寄江山万里情。

记 事

朝光随疾步,行云催锦程。
金风拂玉树,绮霞映晚晴。

2016 年 5 月 18 日

咏莲贺于涛得子名之梓阳

自有天资禀,安能外物侵?
深泥玄水上,又见一枝新。

【注】
　经植物学家研究,莲花之所以出淤泥而不染,是因为莲花分子结构致密,空隙小于水分子,上面的灰尘能够被水带走,因此不会被污染。

题某企业文化

信息如海术如舟,欲成骏业贤先求。
聚力创新与服务,争作业界第一流。

2015 年 5 月 27 日

赴部参会电梯遇某领导有感

除俭无所贵,非德不肯求。
思造元元利,边幅屡忘修。

2015 年 10 月 11 日

红颜薄

仍记当年好,梦中忆君笑。
愁来都不管,镜里红颜薄。

2015 年 10 月 13 日

《双城记》写情

琉璃轩里美人愁,
望尽申江往来舟。
前年有约人未至,
芳思总在运河头。

2015 年 9 月 17 日

【诗解】

玻璃窗里头的美人面带忧愁,
黄浦江上的船儿望尽,
也不见心上的人。
前年的约定还记得吗?
是否已经忘了。
让我的心总是不知不觉漂向运河的那头。

古风

家姐所寄进口衣衫内商标所印原产地为中国有感

【序】

　　我民族品牌有朝一日能类此广销于海外，此则吾之愿也。

　　游美家姐心念弟，万里相寄一白衣。
　　欧标美款价不菲，英文产地崇明西。

2015 年 5 月 20 日

【注】

　　崇明西：泛指浦东。

静躁偶思

躁动心神散，静思智归来。
外物非所扰，胜欲是真才。

2015 年 5 月 20 日

【诗　解】

烦躁不安使人心神俱散，
静心思考能让智慧回来。
外部环境不是干扰关键，
战胜欲念才算真正英才。

秀　木

木秀狂风摧，花芳美人折。
葳蕤有本心，岂顾庸庸乐。

弄玉有思

白玉伴白身，
人玉两相润。
汝喜清吟声，
吾爱冰雪音。

2015 年 5 月 21 日

【诗　解】

一块白色美玉陪伴着一个普通百姓，
人与玉玉与人互相温暖也互相滋润。
玉喜欢听人吟咏诗歌时的清朗语调，
人爱那白玉所发出如冰如雪的声音。

车中念女

【序】

　　妻子在电话中提到孩子有时在梦中呼唤爸爸，我听到之后莫名感动，记之。

父女千里心仍牵，汝思我时我心甘。
莫道小儿不念亲，梦里依依盼父还。

2014 年 12 月 6 日

人生无处不成诗

起伏逆顺自有时，聚散悲欢几人知？
但觉世间真情在，人生无处不成诗。

春　花

莫恋强扭瓜，须放手中沙。
冬去留不住，春到花自发。

2014 年 12 月 6 日

圣诞节书写祝福语随赠诸君

绳金竹纸纪斯文，李蔡钟王赋书魂。
拙才心慕先贤迹，援笔慢书持赠人。

2014 年 12 月 24 日

梦　君

茶室相逢心欲狂，佳朋相解诉衷肠。
宫树曲廊携君手，相视无言彩轩窗。
小池鳞重高翼落，似忘云泥两彷徨。
晨铃忽响知是梦，愁未醒处心暗伤。

新年计

春空朗日新，身轻欲穿云。
速施新年计，不负好青春。

2015 年 1 月 8 日

地铁口买煎饼闻游商回答有感

夜雨冷风吹，小贩笑颜开。
行人怪相问，谓无城管来。

2015 年 4 月 12 日

二零一二中秋之际望月有感于台海相隔

明月揽云裳，徘徊照华疆。
感月遥怜意，同了相思长。

2012 年 9 月 27 日于北京

赏上海博物馆双卯有感

殳书玲珑古方寸，两千年前伴君身。
沉沦草野两万月，青冰如今重示人。

2015年3月20日

【注】

殳（shū）书：秦书八体之一。古代刻于兵器或觚形物体上的文字。汉许慎《叙》："秦书有八体……七曰殳书。"段玉裁注："言殳以包凡兵器题识，不必专谓殳。汉之刚卯，亦殳书之类。"唐兰《中国文字学》二六："秦代的若干觚形的权上较方整的书法，像'枸邑权'，就是殳书。今存秦代兵器有铭文的如'相邦吕不韦戈'，字体不脱小篆，但笔画简省草率，接近隶书；也有字体较为工整的。"亦泛指古文字。清龚自珍《桐君仙人招隐歌》："乃买黄尘十丈之一塵，殳书大署庭之櫋。"（来源：百度百科）

双卯：指汉代佩饰刚卯和严卯。

刚卯：《汉书·王莽传》"正月刚卯"颜师古注引服虔曰："刚卯，以正月卯日作佩之，长三寸，广一寸，四方，或用玉，或用金，或用桃，著革带佩之。"晋灼曰："刚卯长一寸，广五分，四方。当中央从穿作孔，以采丝葺其底，如冠缨头蕤。刻其上面，作两行书，文曰'正月刚卯既央，灵殳四方，赤青白黄，四色是当。帝令祝融，以教夔、龙，庶疫刚瘅，莫我敢当。'"元方回《五月初三日雨寒痎嗽》诗："佩符岂有玉刚卯，挑药久无金错刀。"参阅明陶宗仪《辍耕录·刚卯》。（来源：国家文化艺术品网）

严卯：汉代严卯均作小方柱形，上下穿孔贯通，四面有铭，一般每面8字，共32字，也有第一面10字，余面共8字的。严卯文为"疾日严卯，帝令夔化，慎尔周伏，化兹灵殳，既正既直，既觚既方，庶疫刚瘅，莫我敢当。（来源：国家文化艺术品网）

过徐州观云

含月吐日,龙升虎驰。
抚山育水,彩砌天衢。
季札曾望,沛公不失。
云气代有,智者先知。

2016年8月1日

【注】
　季札:春秋时期吴王寿梦少子,孔子的老师,与孔子齐名的圣人,同时也是孔子最仰慕的圣人。与孔子并称为"南季北孔",历史上南方第一位儒学大师,也被称为"南方第一圣人"。先秦时代最伟大的预言家、美学家、艺术评论家,中华文明史上礼仪和诚信的代表人物。封于延陵,称延陵季子。

登　山

自从怨草侵匈臆,春风几度向君吹。
何如登山望浮世,满天红光送汝回。

2016年5月28日

钓鱼岛事件有感

小小钓鱼岛,牵动兆黎情。
国疆非不广,我土寸必争。

2012年9月18日

帝王恋

高轩红颜羞芙蓉,荷锄刘郎黯销魂。
长安诗成久萦怀,丽华金吾志此生。
长者谨厚人素轻,昆阳一战纵风云。
英雄凯旋庆乡里,红烛玉堂照美人。
赤心置腹归众心,神武天纵四海同。
古来帝王多薄幸,自此英雄始重情。

2013 年 5 月 27 日 17∶37

鸿

在地不如鸡,遇水不如鱼。
明朝春风起,举翅入青云。

2015 年 10 月 30 日

公交颠者

乱语复狂言,貌颓行亦颠。
憔悴哪堪笑,同气谁曾怜?

2016 年 5 月 18 日

江南奇侠

江南有义士,行侠举世奇。
不凭三尺剑,妙笔写丹心。
翠峰静虎步,流景微鹏影。
江湖多风波,谁更抚瑶琴。

2013 年 7 月于北京国贸

上班途经国贸杂感

欲起则意迷,心清而智生。
胸襟怀正气,百毒不可侵。

2013 年 7 月 3 日

回东北省亲途中
观旱改水有感

车行千里皆水田,忽疑此身在江南。
地井虽深岂无竭,应留好景子孙看。

2013 年 6 月

时　至

【序】
观春芽又绿有感为绝句以记之。

一夜新芽绿，两朝旧叶黄。
万般皆有本，时至莫能当。

2015 年 3 月 24 日

遥寄王双超

人间万事有定时，继超双超偶相知。
天恩至深人难测，千里相忆砥砺时。

2015 年 1 月 18 日

致低头追剧族

昨夜充满电，今晨携移充。
坐卧兼行立，双眼不离屏。
忽而食停箸，突然痴笑中。
浑是世外隐，物我两空空。

2015 年 5 月 24 日

画 眉

【序】

庆三八妇女节

星动明月静,
城春万花飞。
楼头凝睇者,
思为汝画眉。

2015 年 3 月 8 日

【诗解】

躁动的星星,
衬托明月的静美。
你像一阵春风走过城市,
所有的花朵为你雀跃欲飞。
楼顶瞩目之人,
凝神而望。
想要来到你的身边,
亲自为你容妆。

换整为零手续费打油诗

【序】

我下班坐公交无零钱,遂向路边小店换取,被告知需收取一元手续费,做打油诗一首。

五块换四块,君闻莫惊怪。
除非是客户,问路还需财。

2015 年 2 月 2 日

【注】

客户:指曾在此店购物消费之人。

浅斟有思

【序】

赠中宣部陈宝忠主任、中国金融企业文化促进会濮旭秘书长、文化部戴有山主任及李伟处长、北京科技大学刘澄教授、知识产权出版社策划编辑荆成恭、中国交响乐团人事处李国飞主任及诸君

对友尝醽醁，
逢贤品翠涛。
诤言居易赞，
直谏魏征褒。

2016 年 3 月 10 日

【注】

醽醁(líng lu)、翠涛：古代醇酒，酿法今已失传。以二酒代指席间美酒。

魏征：唐初名相魏征字玄成。

居易：唐太子少傅、著名诗人、谏官白居易，字乐天。

史载魏征和白居易均善治酒。

赠执政

自古诗人忧患多,少为身计总为国。
执政莫怪忠言鲠,补阙拾遗民颂德。

2015 年 5 月 26 日

【注】
执政:指古今及未来的持国之人。

诗视频

一首诗如一视频,真实记录今世人。
以之寄予后来者,革其阙漏效其珍。

2015 年 5 月 28 日

赠现实主义诗人

诗人何为者,代民言心声。
若只为呻吟,不亦太无情。
或讽或直谏,言切理勿倾。
常建仁义谋,民从执政听。

2015 年 6 月 1 日

神姿女

修眉好似碧山远,灵眸凝处轻愁含。
素面胜玉无需饰,神姿凌波意安闲。
翠竹相邀调秦筝,锦帙台旁共月眠。
孟浪王孙岂堪顾,暗叹流景淡朱颜。

2015 年 5 月 30 日

【诗　解】

眼眸凝望时含着淡淡愁绪,
修长的眉好像那绿绿远山。
面庞洁白不需要任何修饰,
心意安闲姿态飘逸似神仙。
竹枝青青相邀弹一曲秦筝,
锦缎书帙旁边与月儿同眠。
浮浅的富豪子弟懒得一看,
安下心等待春风相伴红颜。

题牡丹

盛时游人竞来从,秋风零落踏作尘。
独有绕丛不弃者,待汝明年更倾城。

2015 年 10 月 30 日

心灵与肉体之关系

人心如美宅,须臾不可空。
主人如自弃,恶客必相倾。

2015 年 5 月 21 日

【诗　解】

人的内心像一座华美居所,
每时每刻不能使其空闲着。
如若放弃自己坚持的原则,
恶者会乘机占取使其损破。

有 思

扩耳隔尘嚣，闭目养心神。
小憩忘人海，觉来看烟云。

2015 年 5 月 21 日

思奇友

【序】

我所钦敬之书中人物谓之奇友也。

读君辉烈事，诵君道义言。
俗事绕俗身，珠玉久未观。

2015 年 5 月 24 日

赠华图教育集团高级副总裁于洪泽老师

益友常得遇，良师安可求？
只言开茅塞，促膝了长愁。

2012 年 9 月 17 日途经北京海淀黄庄时作于手机

年三十六感怀有作

眉锁不常开,
忧懑亦难消。
日月空飞驰,
心事总煎熬。

2015 年 5 月 22 日

【诗　解】

长眉两道紧锁不常开,
胸中忧闷久久难消除。
日驰月奔如飞去难留,
心中事又能向谁言说。

诗　匠

诗人如玉匠,
磋句复切篇。
词字琢磨久,
随形乐忘言。

2015 年 6 月 8 日

【诗　解】

诗人有时如同一个玉工,
谋篇炼句好像切磋美玉。
久久思索着合适的字词,
像精细琢磨玉器的细节。
能够与玉料形意皆相合,
便快乐地忘记与人言说。

诵杜甫诗有感

岂是为功名,忧心在元黎。
代言兆民苦,泣血凝珠玑。

2015 年 6 月 29 日

鸳鸯乐

苑红虽好非吾有,
庭兰不芳且珍藏。
智禽频择巍巍树,
小池堪乐两鸳鸯。

2015 年 6 月 3 日

【诗 解】

豪门名苑之中的鲜花虽好但并不属于我,
庭前独立的兰花纵使不发芬芳我仍珍藏。
聪明灵巧的鸟儿频繁地飞向更高的树木,
池水虽浅能使两情相悦的鸳鸯欢乐歌唱。

题梦露经典照片

孤门绝艳倾世客,
风起敛袂自天真。
可怜无数效颦者,
媚俗徒惹笑贻人。

2015 年 6 月 4 日

【诗 解】

孤儿院里绝美容颜使世间名利之客狂颠,
忽起的风儿吹来敛起衣袂多么纯真自然。
模仿这个动作的人们多么令人可怜可叹,
想要吸引世俗的关注却只给人留下嘲笑。

魏孝文帝指弹破骨

敷电玄幕破,一弹鬼神惊。
指屈敌骨颤,怀仁在心胸。

【注】

《资治通鉴》记载,北魏孝文帝拓跋宏精通武学,弹指兽骨立破。然其生性仁孝,侍奉后母如同生母。

放旷吟

天云为锦氅,

草履是安车。

此富何能胜?

随时可放歌。

2015 年 6 月 1 日
在下班公交车中,作于手机,
6 月 2 日中午改于电梯中

【诗　解】

天上的云彩可当作锦缎大衣,
脚上的草鞋就是豪华的汽车。
这种富足又有什么能够胜过?
随时随处我都可以放声高歌。

小姐妹

何为不起舞,亦不开心颜。

舍妹仍居家,不能舒眉间。

2015 年 6 月 13 日 21:05

【注】

　　小女与内兄之女在同一幼儿园,一三岁、一四岁,比亲姐妹更亲。此时流行感冒,两个孩子也感冒了,禄禄咳嗽刚好,去幼儿园学舞蹈,小女在家休息,正吃感冒药。内兄之女见妹妹没有来,于是不开心、不跳舞,一个动作也不肯学,老师问为什么,答道,一定要等妹妹来了才学。我听说后,心里感动,随口轻吟几句,手机记之。

谈 诗

诗发自胸臆，意秉真性情。
岂因身外尘，搔首强呻吟。

相 知

一个故事一首诗，一份情感一阕词。
莫叹心事无人诉，文苑翰海有相知。

2015年6月16日

【注】

阕(què)，同阙。

丽 女

江南之丽女，姿雅志安娴。
日上开书帙，琴歌伴晚烟。

【注】

书帙(zhì)：古时收藏书卷的、由锦织成布做的书衣。

再观国家博物馆曹植陶案与
双耳杯悯然为赋十韵

政邦不称帝,文国真诗皇。
思刀书骨鲠,意笔驰无疆。
七步感萁豆,清志横飞扬。
精密撷微杳,弘劲括八荒。
任情无伪诈,狂歌倾衷肠。
才位高难容,中人复阻绝。
尊心终猜嫌,巨厦将偏斜。
东阿陋殿冷,收翼愁离索。
徒放命世才,衔杯独寥落。
空留觞与案,诉君曾凄坷。

2015 年 6 月 8 日

【注】

第一句中用"不"是表明曹植并非没有排除其他潜在威胁而称帝之智谋,只是不愿在兄弟骨肉之间施行诡术以得大位。曹丕蓄谋已久,收买近臣不断在曹操耳边对曹植加以中伤,更借司马门之事设计加罪于骨肉同胞,更衬托出诗人的悲悯,曹植的仁义率真;政治的无情,曹丕的嫉妒伪诈。

酒后五首

其一　清夜下班归来歌

倾囊沽美酒，安坐待脂膏。
俗恼相侵久，予当乐此宵。

2015 年 6 月 15 日 20：20

【注】

此时，我口袋里只有 75 元钱。所指脂膏（原作香炙），其实是 20 个羊肉串。所谓美酒（原作翠涛），不过是两扎啤酒。

其二　幽　默
——服务生送错菜

不顺心时也幽默，心中流血色仍和。
莫云如此真虚矫，快乐他人亦我德。

2015 年 6 月 15 日 21：25

【注】

此时我心里忧愁，独自饮酒。服务生错把旁桌的菜送过来，我微笑说，不是我点的，这是你们赠送的吗？服务生连声说道不好意思，送到旁边。随手记之。

其三 酒 后

酒后任泪流,醒时须掩愁。
懵懵和懂懂,三十六春秋。

2015 年 6 月 15 日 21:30

其四 倾 樽

竹穿四朵云,台上沧江流。
自问意如何?倾樽更自由。

2015 年 6 月 15 日 21:35

其五 银 毫

愁来人易醉,志阻意更悠。
怀玉何时用,银毫已攀头。

2015 年 6 月 15 日 21:42

双星会

昨夜金木又辉映,君我今世重相逢。
长愿时空从此慢,人间自此缓别情。

2015 年 7 月 2 日

风　松

　　浩浩长风
　　飞扬高云
　　抚掠山巅
　　崖柏清吟
　　松间宝琴
　　牧童歌声
　　上古诗意
　　悠悠共鸣

2015 年 7 月 3 日

工作日笔记本电脑前偶思

指下凌风庶事繁,几上聊得片刻闲。
事国无分功巨细,我心到处梦坦然。

2016 年 7 月 18 日

赠　君

堂堂九尺汉，色窘为囊羞。
席散不先起，同游在后头。
偶尔丰禄米，散作贫者粥。
岂是不爱财，非义未敢求。

2015 年 7 月 4 日

逢旧人

逢君不我认，我心亦无恨。
惟思旧颜诚，远胜今装衬。

2015 年 11 月 4 日

诗家射雕将

诗意如雕乘风飘，妙手单箭四翼落。
若任怠雨解筋胶，后羿亦难得翎毛。

2015 年 7 月 6 日

南天云

南地云气近,烟雾易凄迷。
人笑露晴空,天愁成雨滴。

2015 年 7 月 10 日

初乘 G101 次高铁为赋十韵

世间真有万里车,源出海外盛我国。
片刻此城到彼城,半日长江至黄河。
肩挑东海连大漠,头枕冰雪踏碧波。
平民能享造父利,公仆深戒周穆祸。
始皇筑城修直道,隋炀放欲凿运河。
白日破制建方略,五星披荆独探索。
前者无恤积民怨,当今施惠为民乐。
玉砌金堆讵能久,赋薄徭轻人怀德。
国界岂是边疆石?有道天涯无阻隔。
凝心聚力益普世,新三代碑传来者。

2015 年 7 月 10 日

【注】

造父:伯益的后代,嬴姓,善御。曾为周穆王驾车,穆王西行至昆仑山,见到西王母,乐而忘归,弃国不顾。诸侯拥徐偃王反,造父驾车日行千里,及时赶回朝中。偃王不忍百姓涂炭,弃军隐于深林。造父因功被穆王封之于赵,为赵氏始祖。

三代:后人对尧舜禹三代的简称。这里的三代不是时间上的三代,而是儒家理想社会的目标——尊礼仪,明法令,百姓各司其职、安剧乐业……的小康之世。

诗　泉

我自非有智，诗泉唯天赐。

不敢冒天功，古有江郎失。

2015 年 7 月 12 日 14：00

【注】

江郎，江淹，字文通，南朝著名文学家、散文家，宋州济阳考城（今河南省商丘市民权县程庄镇）人。

史载："淹乃探怀中得五色笔一以授之。尔后为诗绝无美句，时人谓之才尽。"

租客交房结算有感

莺雀营枝细，鸿鹏任疏旷。

利者赞精密，豪士重浩壮。

2015 年 7 月 14 日

赠清士

君固少财帛，窘时情惨恻。

所益在黎元，不负书五车。

2015 年 7 月 21 日

秦孝公

徙木信国法,刑虔正典纲。
红炉持法者,再思是渠梁。

2015年7月27日

【注】

徙木:商鞅徙木立信故事。《史记·卷六十八·商君列传》:孝公既用卫鞅,鞅欲变法,恐天下议己。令既具,未布,恐民之不信己,乃立三丈之木。于国都市南门,募民有能徙置北门者予十金。民怪之,莫敢徙。复曰:"能徙者予五十金。"有一人徙之,辄予五十金,以明不欺。卒下令。

刑虔:商鞅变法时刑罚公子虔。《史记·商君列传》令行于民期年,秦民之国都言初令之不便者以千数。于是太子犯法。卫鞅曰:"法之不行,自上犯之。"将法太子。太子,君嗣也,不可施刑,刑其傅公子虔,黥其师公孙贾。明日,秦人皆趋令。

渠梁:秦孝公,嬴姓赵氏,名渠梁。颁布求贤令,重用卫鞅,实行变法,是秦国由弱转强的奠基人。

神 情

神恩岂有尽,主爱诉不完。
人间情可度,天慈总无言。

2015年6月22日13:34

小鲜肉

行路郊区腹渐饥,酒楼无觅行人稀。
街角小馆乏酒菜,苦待多时肉上席。
偏僻不求小肴香,但充空肠即适意。
忽有熟虫现盘中,停箸微笑唤店主。
何事平添小鲜肉,汝家优惠至新奇。

2015 年 7 月 12 日

读唐史及徐商句有感因敬续

萍聚只因今日浪(徐　商),
荻斜都为夜来风(徐　商)。
月照沧江终不改(徐继超),
黑云深处有明灯(徐继超)。

2015 年 9 月 4 日

追　志

追志离家十三载,鸿影来去廿六回。
登临山石诵功绩,怅望故乡白云飞。

2015 年 9 月 6 日

【注】

廿(niàn):二十的意思。

四意诗夜感咏菊

夏风将老空逡巡,曲江淡蕊芳且芬。
相遇都只倾一顾,叹恨红颜不逢君。

2015 年 9 月 7 日

【注】

咏物,寄情,暗喻,劝喻。

顾:回头望。

9 月 15 日晚公交车中有思

俗心渐盛文心衰,重虚轻实良可哀。
沉碑千载令名久,浮财百年化尘埃。

2015 年 9 月 15 日

含　笑

心炼诗句魂不在,凝神锁眉浑若呆。
妙意飘忽信难追,含笑一任人嗔怪。

2015 年 9 月 15 日

读明史叹张居正

幼存兼济志,老成盖世功。
微瑕当世毁,青史还令名。

2015 年 9 月 9 日

【注】
令名:指好的名声。

高日青蝇

任理致千里,任情寸难行。
高日无私照,青蝇总逐腥。

2015 年 9 月 25 日

【注】
任理:凭理性行事。
任情:凭情感行事。

昨雨初晴即事

云沉树斜紫电急,无心拨弦无心眠。
玉盏屡淌苦怅泪,雨洗长天灰转蓝。

2015 年 9 月 25 日
于北航体育馆看台

伤蚯蚓

【序】

雨后清晨途经北航小径见挣扎蚯蚓数十条，因顾及人怪物议未救而悔之伤之。

透雨昨夜满地湿，初晴暖日煦和风。
柔柔小物弱不堪，但知勉力松土埂。
雨后水满无空气，石径无边寸难行。
路人匆匆趋名利，谁怜小小之群生。
午间念及向来路，如枯如齑满纵横。

2015 年 5 月 11 日

欣闻大勇屈枉得解

挚友遭逢不白冤，食难下咽寐不安。
有人明胁兼暗逸，纵有万言向谁辩。
自料前途即休矣，人生被尘心黯然。
吾闻焦躁又长悃，谨祈天恩施其间。
但愿月余雪其名，形瘦情窘亦心甘。
真情在心心殖愿，至诚感天天开颜。
七日即闻好信息，上官秉义消众嫌。
心感直士终不枉，舞蹈欢呼赞苍天。

2015 年 5 月 18 日

溪树情

树荫行人不求报,清流石阻总朝东。
从来晴雨等闲过,毁誉无忧秉初衷。

2015 年 10 月 21 日

甄客口占
——沉迷手机游戏有悔

心胸如雅室,客至须细甄。
诗书真贤者,游戏是小人。

2016 年 3 月 22 日

初春赠成恭郑毅二兄

春醉三清士,
诗浓父女情。
鸿嬉云锦长,
粉脸共花明。

2016 年 3 月 22 日

【诗　解】

美好的初春午间景色令三个文人如醉如痴,谈诗使得我们对女儿成长的关切之情更浓。天空中的鸿雁在云间无忧无虑嬉闹着成长,粉红小脸比愈加鲜艳的花朵更加活泼可爱。

门户网站标题党

新闻深锁众人眉,标题震目若惊雷。
点入速览无甚事,广告主人知是谁?

2016 年 3 月 23 日

汝 情

儿女情深长,长于黄浦江。
浦江东入海,汝情似海洋。

2016 年 3 月 23 日

香枝朗日词

【序】
2016春日赠环球旅游音乐榜宗岩总监、中国交响乐团国飞主任、中国国际模特形象设计大赛组委会红佳秘书长及戚枫助理

香枝玉柳春风醉,朗日轻云意气交。
相逢只为携君手,不负青山万仞高。

2016 年 3 月 29 日

有 感

先烈创业诚不易，我辈深知守业艰。
心存鸿志如何向，赤胆忠心可对天。
河山锦绣思镜圆，母子两岸殷殷盼。
天时地利人和日，日月潭水无波澜。

1998 年 2 月 16 日

午夜独坐有怀

夜观北斗指东南，春风吹尽冬季寒。
莫叫青春等闲度，富国强民心所愿。

1996 年 4 月 28 日

无 题

举目望苍穹，红日正当中。
照得世间亮，休教黑暗生。

1996 年 4 月 29 日

月下吟

【序】

与同学们即将分别之际有感而作

明月清辉洒四方,好友亲朋聚一堂。
明朝各展鸿鹄志,今日情谊勿相忘。

1996 年 9 月

对月遥怀上海

长忆苏州河边柳,曾记舟中听晚莺。
把酒对月当起舞,凭高临风闻箫声。

2002 年 12 月 1 日

云中寄情

两身易隔情难隔,但将祝福寄云车。
风推素锦追君去,化作好雨润君阁。

【注】

素锦:这里指的是白云。

英雄赋

云从龙兮风从虎,
未得志兮心自苦,
心自苦兮谁诉?
宝剑锋从磨砺出,
英雄自古多风雨,
多风雨兮何惧?
砥其心兮砺其志,
待其机兮乘其时。

1999 年 12 月 12 日

京城青云北社区隔断间中自励述怀

拂我琴上尘,聊弹心中曲。
心中万千事,如潮翻涌起。
而立已二载,功名无所立。
犹存少年志,狭屋不能禁。
冰溶江河动,丝雨荣夏枝。
秋风飘落花,冬雪绽蜡梅。
京城才俊富,我影何茕穷。
英雄会际遇,我期复何知。

2011 年 5 月 26 日

相 思

相思何必常相见,一种寂寞总无言。
人道离愁千般苦,两心对月亦安然。

2013 年 9 月 29 日于北京海淀

犬 吠

恶犬向人吠,睥睨逞狂威。
为博新主笑,安问是与非?

【注】

睥睨(pì nì):斜着眼看,侧目而视。这里喻高傲狂妄。

诗与思

诗为思之粹,如云凝作雨。
词为情之精,似玉出于璞。
意发洪蒙初,感收海化田。
古今同此念,何必面相熟。

2015 年 5 月 14 日

十一月二十四日沈阳
至北京途中感怀

萍伴清风飘阔水，孤鸿奋翅征寒秋。

谁言天涯羁旅苦，夜阑青灯一卷书。

邀 月

明月何皎皎，我心欲相邀。

同舞清秋里，忘却世烦劳。

2007 年 9 月 26 日

飞鹏歌

飞鹏挥翅从兹起

挟风雷　震寰宇

云海渺渺寻无迹

更乘朝霞振金羽

击长空　搏星月

向天长笑鸣万里

2002 年 12 月 25 日夜 12：09

雪中梅

漫漫飞琼舞,
婷婷雅意高。
群芳沉寂后,
雪影更妖娆。

【诗　解】

漫天大雪像飞琼仙子一样飘舞,
婷婷玉立的梅花清雅韵致正高。
当所有芳菲在寒风中沉寂之后,
皑皑白雪中身影显得更加妖娆。

冬　忍

三步之室促,窗薄北面冷。
晨霜沾衾被,身蜷心已醒。
奋力燃灯起,身起榻犹冰。
恭谨耐阴寒,喜乐盼春荣。

2005 年冬于望族苑寓所中

夏　书

炎夏汗灘灘,欲消无所属。
坐卧皆孤闷,静心惟读书。

2007 年 7 月 22 日作于慕贤雅轩

晚 雷

紫电数现忽如昼,天雨普润荡迷尘。
威霆万钧沧海抖,惊散诸恶励贤忠。

2007 年 7 月 22 日

赠 友

星未动,云在动。
身未起,心已行。
志长存,义不断。
涉江湖,莫慨叹。
履丹墀,志莫欢。
惠慈民,意乃安。

2007 年 8 月 12 日

元月反躬自省记

我罪殷如赤,曾无半点功。
神怜垂慈手,何以报恩洪?

2016 年 1 月 19 日

四十字歌

游南历北,十年如驹过隙。
际遇沉浮,事事自有天意。
逆顺泰然,不堕青云之志。
临深履薄,君子当仁不避。

2009 年 3 月

国庆欣咏苑中景

锦鳞嬉碧池,白鹭舞高枝。
粉荷开并蒂,玉颜倚窗思。

2009 年 10 月 1 日晨于上海家中

天津省亲途中感怀

丈夫三十功未立,掩卷三叹愧古人。
千载悠悠明月里,茫茫谁会玉盘心。

2009 年 10 月 5 日

月

盈缺有度
冰洁玉润
清辉耀世
千秋不改

云

浓淡相趋
异景叠峦
万般往复
倏忽消散

风

萍末之起
纵横万里
海跃山踊
众邪崩摧

楼台夜题

人生于世渺如尘,何苦妄自称上尊。
水映鸿影人举目,螳臂空横岂停轮。

2009 年 10 月 14 日

地铁 9 号线打油诗

地下十米有飞梭,日运百万不谓多。
朝乘坐看明珠好,夜赏灯辉如金波。

2009 年 10 月 30 日

赠关凌弟兄相看

幽居江东久,朋友少人看。
天眷有美筹,欣迎弟兄来。

2009 年 9 月

赠逸士

浮世有清流,矜才厌逐臭。
朝吟松柏间,夕唱兰菊后。

2009 年 11 月

思行歌

思为行之华,行为思之实。
人心若怀善,福随寿可致。

2009 年 12 月 2 日

读史有感

天子谓谁人?
敬天为善者。
时时处处谨,
朝朝暮暮勤。

2009 年 12 月 17 日夜

返沪途中思大勇兄

浮生诤友,能得几人?
何其幸也,君我相知。
直言相谏,赤心相置。
壮志砥砺,岂论俗尘?

2009 年 12 月 22 日 22:31

夜闻书香有感

寒家亦有趣,书香盈满室。
当年篷壁前,曾坐丹樨客。

2010 年 1 月 19 日 00:12

车行蓟县有怀

燕山易水生豪气,古今人杰举世奇。
雪峰冰河歌慷慨,劲风高云犹徘徊。

2010 年 2 月 20 日

春节登八达岭长城怀古

险峰千重成帝京,金城万里蟠峻岭。
燕山雪峰接白云,英雄依稀白云中。

2010 年 2 月 17 日

叹婚姻

君言贫贱夫妻百事哀,我道知足之家心无乖。
平湖险浪鸳鸯无离意,风霜晴雨连理不分开。
不言黔娄冀缺与梁鸿,只道今世唯尚钱与财。
嗟乎孑孑愤俗之寒士,旦暮忍辱何时可畅怀。

2015 年 5 月 22 日

十月从沪返京车中过沧州望云如山有感

眼前有云云如山,横亘千里上接天。
懦夫抬眼心胆颤,勇者踏山山自穿。

2010 年 10 月 11 日

美 女

长发为君留,长袖为君舞。
待君到天明,只为君一顾。

2010 年 11 月 1 日

正月十五在北京天通苑合租房深夜感怀

寒鸦空绕树,美人叹迟暮。
欲酬少年志,且趁青春富。

2011 年 2 月 17 日

霾锁京都

雨后路边花竞妍,素衣职女照流连。
天地机车仍迷茫,不辨仙境或人间。

2014 年 3 月 28 日

秋日京城咏双榆

连理双榆生长安,根深本壮枝叶繁。
并肩同心度百岁,执手相看两不厌。

2012 年 8 月咏双榆树公园之双榆

秦李冰父子治水的联想

智者如流水,忠者似高山。
谁效贤父子,福泽千代传。

2013 年 9 月 10 日

读史叹北魏孝文帝

仁孝垂千古,崇礼易华服。
都洛诚良策,曾悔废帝储?

2013 年 1 月 3 日

题临街宅

【序】

　　我举全家之财力并借款、贷款购得京郊六环外一所一居室住宅。每月收入除去贷款及生活必要开支,所剩之资无几矣。想我辈年轻人被居所问题所累,消耗大部分财力、精力,无暇专注于理想之事。叹之!

　　中夜人不寐,窗外车马喧。
　　心事如翻浪,苦待东方白。

2013 年 1 月

赠哈尔滨不知名大哥

　　网上神交久,微博情志一。
　　虽未睹风采,共饮江水清。

春风柳絮语

　　玉京长天碧,尽日玉屑飞。
　　飘然一云朵,肩上声依依。

2013 年春

寄内二首

其一

闺中娇俏女,嫁我尝苦辛。
世务虽繁巨,无日不念君。

其二

妻女在东北,子子一穷人。
力微思报效,书香沁清风。

2013年11月9日于河北燕郊

冬日未开通暖气震脚驱寒

脚温一身暖,足热体不寒。
闲来常震脚,血脉周身转。

2013年11月10日

听罗朗穆赫爵士口琴

彩羽语声娇,翩跹舞逍遥。
轻音愁云扫,喜悦上眉梢。

2013年11月16日清晨听手机软件喜马拉雅广播中音乐

【注】
罗朗穆赫:法国爵士口琴大师。

叹刘文静

慧眼奇略赞英主,敢倡大义建巨勋。
才高耻居裴寂左,醉舞玉龙深愤恨。
恶草摇风成狂飙,秦风萧索罗网成。
落红空怨东风薄,未虑东风忌冬痕。

2013年11月13日

【注】
玉龙:剑。引自《资治通鉴》刘文静以剑劈柱故事。

地铁里读史感怀

巨堤千里溃群蚁,楼高不倾因栋坚。
杨李门前多烟柳,孤松至今忆陈蕃。

2010年10月5日

【注】
陈蕃:汉代名臣。
杨李:杨国忠、李林甫。

洪雨苗送我德国巧克力

【序】

　　洪雨苗从德国回国,送我一盒金色精美包装的德国巧克力,月余视之,心中感念,因以诗赠之。

　　　同学赠我万里糖,未启金匣先闻香。
　　　愿君生活常如意,四海悠游乐未央。

2013 年 11 月 9 日

感怀寄情

　　　世间情爱孰最真?
　　　夫妻原本是一身。
　　　礼成共许白头愿,
　　　休觅旁言计身尘。

2014 年 12 月 6 日

诗　心

　　　不求万口传,宁愿一人知。
　　　纵隔千百载,我汝心相惜。

2015 年 7 月 30 日

天灰北风寒

天灰北风寒,
进京快车暖。
行色何匆匆?
志成苦亦甘。

2014 年 11 月 23 日

记梦—密室

独自一人密室中,小架清帝冠顶红。
十五六顶失其一,怒问谁曾行其中。
旁屋门开出壮嬷,舞臂狂呼若雷霆。
气闷惊梦一声吼,醒来兀自长懵懂。

2014 年 12 月 6 日

情欲心锁

人道情欲好,我知情欲恶。
虚网常相缚,如何解心锁。

2015 年 4 月 10 日

增字诗

诗

浩壮

绝奇

写胜景

歌人生

循道迹

思穿宇宙

天人共体

意透杳微

动静相息

上古率天真

三代思无邪

魏晋风骨逸

隋唐多茂才

以降惹人思

淳淳古风无觅

滚滚名利相趋

读史有感：从来王者得天下未尝不使生灵涂炭独光武异之

皇者谁如光武贤，勇略无双志弥坚。
推心得众人心向，纵横未曾妄杀人。

【注】
光武：东汉光武帝刘秀，时人称之为忠厚长者。

读范文正公家语

富贵非所慕，惟德孜以求。
一世益百姓，此为乐之至。

2014 年 12 月 7 日

【注】
范文正：指范仲淹，宋代名臣，治国治家有方，赠文正公谥号。

爱自然

韵律固协美，我仍爱自然。
畅念无拘束，意笔随思成。
雕手虽奇巧，奈仍逊浑成。

2015 年 7 月 31 日

登金山岭长城感民族英雄戚继光将军晚景

关山月正飞，铁衣耀星辉。
金鞍横霜雪，冯唐倚冰扉。

2015 年 1 月 5 日

【注】

霜雪：谓兵刃之锋利。

冯唐：汉文帝时有勇有谋的武臣，到年老时才被汉武帝重用，无奈年迈体衰，已难承朝廷之用。以此比喻戚将军被排挤而弃置不用之凄凉境遇。

代网友作断网诗

网断只一天，长似一百年。
恰如远天外，恍若隔山川。
工师何迟迟，其道何漫漫。
何以急如是，为君能开颜。

2015 年 5 月 8 日

【诗 解】

互联网不能连接虽然只有一天，
但是这一天却长得像是一百年。
与你的距离就像远在天外，
与你的距离就像隔着山川。
维修的工程师为什么还不来，
他到这儿的路途到底还有多远。
如果有人问我为什么会这样着急，
只为了能使网络那端的她开心颜。

题辽宁大厦赠郝月敏副总经理及诸友

庭华室雅辽膳纯,房静衾洁窗无尘。
侍者殷勤问所需,欣然浑忘身是宾。

2015 年 5 月 24 日

寄 世

【序】

房价又涨有感

本是寄世客,何屋是永家。
千载亦一瞬,所望在云霞。

2015 年 7 月 24 日

弹琴悦女

君弹琴为悦女心,技艺无奇情且真。
有客卖弄轻薄指,遭逢妙手黯伤神。

2015 年 7 月 31 日

如 水

我诗时如水，淡爽无他奇。
虽无鲜滋味，渴人觉甘冽。

2015 年 7 月 31 日

瞻故宫坤宁宫追怀周后节烈

宫檐愁雨诉凄清，旧殿怅影思梧凤。
贞魂绕庭秋风咽，义感百代人涕零。

2015 年 8 月 9 日

【注】
周后：指明思宗崇祯帝之皇后，全名周玉凤，苏州人，卜者周奎之女，体瘦弱，性严谨，识大体，明大义。天启年间，周氏选入信王宫充当宫女，晋封信王妃，公元1627年（明熹宗天启七年）熹宗死，信王朱由检继位为思宗，册立周氏为皇后。李自成入京城破前夕，周后吻别儿子，然后自缢殉国。

游乾清宫感怀

升平海宇一寻丈，播越行台贰斗方。
治代直士循天道，乱朝智叟竞奢狂。

2015 年 8 月 9 日

玉 诗

不富偏爱玉，位卑仍爱诗。
心慕先贤事，舍卷心无托。

2015 年 8 月 10 日

闻广播歌曲有作

轻曲南音婉，壮歌北声豪。
坚柔雅乐正，文武成八侑。

2015 年 8 月 18 日

赠于洪泽兄

浮世多利朋，人生少义友。
谷行众竞去，君情如醇酒。

2015 年 8 月 18 日

冠城园有作

闹市有静园,小池生新莲。
蜓戏金蕊上,鱼藏绿萍间。

2015 年 8 月 23 日

长乐心

世情多旷怨,谁怀长乐心?
皆言谁顾我,我复顾几人?

2015 年 8 月 31 日

梁　祝

旧山古溪当年柳,青枝新叶花正开。
蝶影翩翩双飞去,笑语浅浅入梦来。

2015 年 10 月 22 日

题驾车摆弄手机者

轮转指如飞,顿车头频垂。
魂掠彼世界,曾思亲望归?

2015 年 11 月 3 日

题 2015 年 11 月 6 日北京初雪

银杏叶半黄,雪压愁更伤。
林下锦袭客,独看美人妆。

2015 年 11 月 10 日

农民工乘地铁被个别人嫌弃有感

衣臭名不臭,体脏魂不脏。
何如心污者,满室有浓香。

2016 年 1 月 26 日

芳尘远

【序】

有友心仪一丽人。因贫,虽慕之而难开口。丽人远去,怅然无措,悔而无及,诉之于予,因记之。

心怅何所之,恍若梦魂失。
玉声犹在耳,兰馨漫散迟。
游园花无色,驻足行人痴。
仪端人怀敬,态雅胜莲芝。
携花徘徊久,何由与君识?
芳尘忽已远,风斜杨柳枝。

2015 年 11 月 16 日

年

年是隐身客,伤人于无形。
来时催人老,去日无欢情。
不如长相忘,但乐风云轻。
等闲花开谢,昂首望繁星。

2016 年 2 月 29 日

【注】

2015 年老舅离世,2016 年表姐新殂,心中伤感,叹人生之无常,以此诗记之。

赢于勤

【序】

一位出身贫寒的朋友,在一家国际化大型机构中职位晋升很快,30余岁便已身居高位。一次朋友聚会上有人问,我们刚参加工作时职位都差不多,而你现在发展得这么好,有什么秘诀?朋友答,没有别的,只是比别人更专一点,更勤一点。我听到这句话深有感触,于是记之。

> 当年青丝发,今宵鬓沾雪。
> 弱冠同行游,老大境遇别。
> 逍遥贵公子,纵享不知节。
> 佳期倏忽过,无成空蹉嗟。
> 有彼有心人,勤力勤筹略。
> 积微成大功,累善为人杰。
> 本分在本心,专力于专业。
> 理浅众易知,行难谁长觉。

古风

2015年11月20日

【注】

蹉嗟:蹉跎,嗟叹。

上海地铁 9 号线偶拾

白鹅黄犬青鱼塘,浅溪淡云雁成行。
鸭欢莺啾娱钓者,江开潮涌望海乡。

及春登山

欲春风犹劲,消雪地更寒。
信步任飘袂,志烈意无阑。
迷雾终须散,星河近人寰。
巨珠云阶上,倾辉万物安。
登车行远路,辛危苦亦甜。
旧途不堪顾,新峰近在前。
身至青松喜,声闻朝鹊欢。
日升玄幕褪,曙送白衣鲜。
晨光有暖意,惠风又经天。
恍若忘尘世,朝歌绕炊烟。

2016 年 2 月 4 日

世 情

世情冰渊险,天恩千万重。
愿为千牛卫,长守圣殿门。

2013 年 10 月 21 日

【注】

冰[如履薄冰],渊[如临深渊],千牛卫[南北朝时有千牛备身府,值禁宫宿卫,侍卫名千牛备身,配千牛刀,宰千牛而刃不卷,谓刀之利也]。

宿怨消

来事亦可求,遵道能自由。
人若体天心,神消宿怨仇。

2015 年 6 月 1 日

绮 树

绮树虽堪赏,清明亦伤人。
寄世有长短,功罪留浅深。

2016 年 4 月 1 日

刘郎志

怀德自有朋,
勤谨业长兴。
秉道何曾悔,
有志在宸衷。

2016 年 3 月 11 日

【注】
刘郎:汉光武帝刘秀。"有志者,事竟成也。"刘秀语。

弯 月

一弯明月倚天闲,钩起情丝千万年。
爱恨痴嗔皆入耳,脉脉柔光照眼前。

2016 年 3 月 13 日

题青花籽佩玉

绿水新莲底,嬉戏两金鱼。
日月摩挲久,朝夕有欢娱。

2016 年 3 月 11 日

二零一五年国庆出游神堂峪咏三白鹅

国庆高速无关卡,晴天倾城车出门。

友人相约农家乐,携妻带女避嚣尘。

京郊美景神堂峪,石奇果鲜柳依人。

溪声叮咚如歌咏,山秀潭清水不深。

最爱水面三朵云,飘然迎客情至真。

临行恋恋不忍去,轻吟低哦追送人。

2015 年 10 月 1 日作,2016 年 3 月 11 日改

微之诗

我爱微之诗,持卷不能释。

静体真性情,默慕古肠直。

人议诗高下,史非君政仕。

可怜君去后,贞心几人知。

志高瞻望远,才盛无虚饰。

安肯辩流俗,一任飞语驰。

2015 年 12 月 19 日

古风

【注】

元稹,字微之。唐代诗人,与白居易相善,世称元白。

千载知己

我诵君诗篇,如君在眼前。
神穿一千载,恍若笑谈间。

2016 年 5 月 19 日

【注】
唐玄宗时改年为载。

清　风

愿得一阵清风来,尽散玉京万尺霾。
水澈云洁人如意,雁鸣花芳碧天开。

赠履道兄

世路总崎岖,烛光夜难容。
顺水流如箭,砥石自怀忠。
愕愕青史杰,诺诺腐草朋。
吟诗驱寂寞,抚琴伴山青。

2016 年 4 月 1 日

《新闻联播》偶思

位卑不怠职,官高当自省。
区区利人念,殷殷济世情。

2016 年 4 月 11 日

沈阳高铁东归代人作

金光满城阙,清气盈碧空。
行轮去如电,我情总向东。

2016 年 5 月 16 日

送白约翰同赠众兄姊

一身若飘蓬,随风任西东。
天光地露养,千万此身同。

2016 年 5 月 29 日

题学院路绿化带

玉带飘罗绮,
蓝绸缀素绒。
愁云凝复散,
惨雾雨化晴。

2015 年 5 月 8 日

【诗　解】

绿化带像一条青翠的玉带,
上面飘浮着罗绮般鲜艳的花朵。
蓝色天空像绸缎一样,
上面点缀着洁白云彩。
忧愁如同云一样聚而复散,
凄惨好似雾一样欲雨忽晴。

【注】
今早晴空万里,我于车上见学院路绿化带中鲜花盛开兼前日烦恼消散有感而作。

幽　兰

清香淡淡沁牡丹,浅笑轻轻凤盘旋。
罗绮舞罢人不忘,素衣寂寞对幽兰。

2013 年 9 月 27 日 21 : 30

【注】
此诗含义有三,能读懂第二层意思者,便可称为吾之知音也。

感　月

楼头一尺月温柔,缓缓薄云似水流。
谁家明珠清波上,俯照万代情悠悠。

2015 年 5 月 2 日夜

《资治通鉴》二百九十四卷读毕有思

掩卷沉吟久,抚膺深慨然。
六载铭心事,二九四长悬。
总无心长静,时有俗务繁。
昨日览三卷,今朝翻一篇。
常有荒时赖,难得白驹闲。
心中有愧色,不应远英贤。
观书思时势,心祈家国安。
辨理幽明显,不使是非偏。
裁冗去繁复,秉忠存真言。
宏词万人诵,直涑千代传。
文章可济世,经纶国祚延。
鉴古知来事,天道总循环。

新 诗

沙坡头怀古

山隐轻纱钟声绕,
谁执黄练舞九州?
对岸接天尽大漠,
空横不见古今愁。

诗意画境,此身在梦中?

望古塞,
黄沙半没残垣,
历尽多少烽烟?
枯藤低吟西风,
似诉征人乡愁羌管中。

斜阳千年下关山,
月照古今更不同。

2002年8月于宁夏中卫沙坡头

伤情苏州河

弯弯的苏州河
静静的流着
粼动的波光
倒映着两湾灯火

晚风
透着一丝凉意
拂过翠绿的竹林
仿佛在轻轻的诉说
清冷的月光下
树影婆娑
一个身影在徘徊
此时
心如刀割

远处
飘来悠扬的钟声
将他的伤口
轻轻
轻轻地抚摸

2002年2月8日

绿蜻蜓·鹰

黎明,

我轻轻地推开窗,

遇见晶莹如玉的你,在窗前扑展着翅膀。

即将离开这个城市的我,凝视、沉思……

为何,你不在花丛中、田野里、池塘上?

不顾露重,不恋芬芳?

你飞上我的肩膀,望着窗外说,

我原是鹰,要飞到更高更远的地方。

我试探地问,你真的不愿停留?

外面风很大,这儿是一个温暖的避风港。

你眼中闪烁着坚定的目光说,这风恰能助我。

我将你轻轻托在手上,放飞,

我原想你将会飘落如一片叶,

不料,你果真化鹰扶摇直上。

琴的际遇

琴,娴雅地站在琉璃橱窗一隅,
在人来人往中期待寻觅,
有人因你系出名门望而却步,
也有纨绔子弟前来却被你拒之千里。
良久,
默然,
沉吟,
一个落魄少年为这婉转的弦音吸引,
寻访,
清弹数曲,余音绕梁,满座屏息,
心与琴,深相契,倾授所有酬琴资。
低声问:是否愿,永相随?
轻答:蒙相重,志不移。

2006 年 4 月 9 日

钢铁玻璃

人有时像钢铁
人有时像玻璃
歌利亚的额头是转化剂
人有时像玻璃
人有时像钢铁
大卫的小石子是绝妙棋

2015 年 7 月 31 日

问　答

窗外雨，Thinkpad 上的指，轻敲不停，
夜雨说："怎么，又是一个人在这里？"
回道："发完这个 E-mail 就回去。"
地铁里的风，路灯下的长影，在前行？

午夜吉他轻拨，交织着记忆和憧憬，
低声哼唱的，是凌乱心情，
似梦似醒，到天明。

眼前变幻的浮云和跨越千载的思绪携手游弋，
云问："在想些什么？"
喃喃道："看似纷繁的世事，不过是一遍遍的翻来覆去。"

2007 年 2 月

不要轻易走进一个女人的生活

不要轻易走进一个女人的生活，
除非你已想好并决定对她负责。
宁可只做看客也别把美好打破，
别让世界失去一抹欢快的颜色。

三种史官

上天的仆人
时代的士师
指引着
审判着
扶助着
他们在热切地俯察着世界

世俗的朋友
君王的伙伴
迁就着
妥协着
敷衍着
他们在冷漠地旁观着世界

权力的奴才
私欲的俘虏
欺骗着
篡改着
诱惑着
他们在贪婪地巴望着世界

2009年6月6日 23：00

远　方

一本书　一杯茶　一壶浊酒
一盏烛光

一支笔　一笺纸　一夜沉思
一副行囊

一个人　一条路　一段青山
一阵雁行

一野雪　一丘沙　一川朝霞
追向远方

2002 年 11 月 12 日于包头国税招待所

论　说

论同宗，天下本同宗。
说不同，同胞亦不同。

寻末节，摘细过，圣人不圣。
容异声，秉大道，弱败可强盛。

2009 年 9 月 11 日下午于沪陈线公交车中

主　张

为什么和别人一样
我们有自己的路
不信走不出铿锵

锁定的目标虽难启及
但，我们不会彷徨
善意的劝阻和鄙夷的嘲笑
都无法令我们改变志向

我们抛弃了碌碌和平庸
只因我们注定非同凡响

没有装饰是最美的装饰

摘掉项链，
褪下戒指，
解开手表，
没有装饰。

没有装饰，
是最美的装饰。

2015 年 7 月 29 日

思 念

爸爸　妈妈
请别把电话放下
可知此刻更珍贵的
是江河奔向大海时
雪山声声叮咛的话

爸爸　妈妈
请别把电话放下
可知万里逐梦的孤鸿
最想家

爸爸　妈妈
请别把电话放下
可知风中的浮云多想
向天空
把深深的思念表达
却不忍　你们把心儿牵挂

爸爸　妈妈
请别把电话放下
可知小溪欢畅的笑语虽然清朗
腮边　却早已挂满晶莹的泪花

感 觉

北方的风
让人感到苍凉
漫长的旅途
让人感到迷茫

人在海上
难免遇到波浪
云开雾散
总会看到风光

1998 年 12 月 19 日

蓝 白

又是一个天蓝云白的日子，
又是一个来自天上的礼物。
多么的亲切而又令人愉悦，
俊朗的风掀开城上的幕布。
葱翠的西山没有外出旅游，
耸立的宇厦成了云河砥柱。

2015 年 7 月 1 日

我　愿

如果
你是天边那一轮弯弯的玉镰
我愿
做你身边最近的一颗蓝钻
温柔地向你眨眼
把你的忧郁换了欢笑的容颜

如果
你是沙漠里一眼清凉的柔泉
我愿
做你泉边一丛青青的沙棘
萌发出勃勃的生机
把你孤独的心，默默陪伴

如果
你是那飘舞着的晶莹漫漫
我愿
化作茫茫的原野
静静地等待
静静地期盼

红色的泪滴

怎抵挡得住
思念的愁绪如冰潮涌上心头
退去了,却留下隐隐的痛
如此长久

怎堪回首
冷风撕碎了轻柔的旋律,吹散了往梦
吹落了曾经的温柔

怎能停留
这碧色的港湾

滴落一颗红色的泪
向无限的蔚蓝
飘流

天边的烟霞

何必,对我钟情,
天边的烟霞是我的足迹。

你无须伤心,也不必惋惜,
让绚烂的青春拂过一丝忧郁。

优雅的相逢,虽未留下动人的传奇,
绮丽如梦的回忆,在脑海里却挥之不去。

2003 年 3 月 31 日

格　局

格局小了,
心胸也就小了。
眼界窄了,
计较也就多了。
能力是在探寻中增长,
内心是在反思后坚强。
风霜不能使雄鹰的翅膀沉沦,
鲲鹏潜行是为了更高的飞翔。

2015 年 10 月 22 日

今夜难眠

今夜难眠
是为那金色的沙滩
金色的沙滩上　有我深深地思念

今夜难眠
是为那翠绿的杨柳岸
翠绿的杨柳岸上　有我长长的期盼

今夜难眠
是为那春风的缠绵
缠绵的春风呵　让人留恋

今夜难眠
是为那燕子的呢喃
燕子的呢喃
是我的心愿

今夜难眠
是因为离别太久
欢聚太短

2002 年 2 月 16 日

沙 粒

我是尘世中的一颗沙粒,
如此渺小,如此卑微。
漂荡起浮在茫茫人海,
看人情冷暖,品人生百味。
在雄伟的高山上,我会欢笑,
在灰暗的幽谷中,我曾伤悲。
岁月沧桑磨去我的棱角,
风雨历练显露光芒熠熠。
在宁静默想中觉醒,
斑斓夜色里折射星空的光辉。

冷了的心拿什么捂热

从至亲的口中
听到一句谢谢了
是怎样一种感受
像在寒冷的风中喝下冰水
是一种无法言语出来的痛
冷了的心
拿什么捂热

2016 年 3 月 11 日

地铁里的吉他手

【序】

遇地铁里的吉他手有感

又是昏暗的夜,
寒冷的夜,
外面飘起了雪,
赶路的人们默然加快脚步,
逃离漫长的街。
苍白的路灯随风摇曳,
忽明忽灭,
忽骤忽歇,
偶尔传来酒吧里的火热节奏和声嘶力竭。
冰冷的地铁站,
清高的吉他手黯然凝噎,
亲爱的人,
你在远方能否体会这种感觉,
思念越强烈感应越明显,
请你陪我守望天亮,
在这夜空中让我看见你美丽纯洁的脸。

等

早春，
依然寒风瑟瑟，
高楼大厦们也挡不住这冷。
的士、摩托、自行车簇拥着公交一辆辆驶过，
站牌下的人很多。
我搓着手，朝路口张望，
望穿秋水。
身边的一个小妹斯文地啜着半穗儿玉米，手冻得发红；
另外一个阿姨眼神焦急，
似乎在抱怨迟到的司机；
卖影碟的小弟刚凑到烘山芋的炉旁想烤烤火，
又不得不赶紧回去照顾他的生意。
我真后悔没坐地铁，
如果不涨价多好！
再下个红绿灯一定来，
我自我鼓励式的继续推断着。
沪莘线来啦！
车厢里已经满满，但我们仍然执着地往上挤呀挤！

2006年2月27日于上海望族苑寓所

街上随想

流逝　流逝
流逝的不只是岁月

流浪　流浪
流浪的不仅是脚步

昨天，就让它过去吧
明天，也不必充满幻想
现在，重要的是现在
现在，就在你的手上

1999 年 3 月

灯下随笔

这是一个寒冷的冬天
你把温暖留给了我
自己却忍受着寂寞
此时我不知该为你做些什么
只想飞到你身边
把漫漫长夜消磨

何必在意

何必在意

昨天的是与非，对与错

何必留恋

曾经的种种，或笑语或悲歌

坎坷不过转瞬

谁说明天不会有更绚美的景色

促膝倾谈的知己

萍水相逢的友人

将一同分享

你明日的喜悦

夜·黎明

夜深深，月光星光消隐，

寂寞里，环顾四周了无人，

泥泞中，一颗孤单的心前行；

静静听，有微小的声音，

低声问，还有多远路程？

抬起头，夜已阑珊，下站黎明。

2005年9月5日晚于沪宁动车中

也 许

也许

你是我的知音

不然你的琴弓我的弦,怎会奏响这和谐的共鸣

也许

你是我的知己

不然你怎会读得懂,我胸中涌动的诗意

或直白,或含蓄

也许

你是我的知心

不然你怎会时时为了我不顾惜自己

遣之不散的是醉人的柔情蜜意

挥之不去的是你关怀的点点滴滴

2002 年 12 月

有一种药叫可乐

自从神秘的药,变成一种饮料,

便风靡全世界,令人如痴如醉。

为之不停喝药,为之不停喝药。

2016 年 2 月 12 日

梦·埋

埋，
我埋的不是等待，是期待，
冰冷屏幕前一厢的期待，
留给自己的，或许只有无奈；

深埋，
可是，依然无法释怀，
在有你的梦里徜徉，
我不愿醒来；

我知道，
梦终究是梦，
但我已将它化作一颗萌芽的籽粒，
种在我心深处。

2006 年 10 月

银 行

银行是天使，银行是魔鬼。
银行是义士，银行是傀儡。

我的孤独和寂寞

我喜欢孤独,

不喜欢寂寞。

孤独能使我看清周遭的一切,

寂寞却令我迷失其间。

我孤独,

但知道该往哪儿走,

寂寞的时候,

我手足无措。

我孤独的时候,

不只是一个人,

寂寞的时候,

我孑然一身。

2006 年 11 月 7 日

【注】

"我"有广义和狭义两种解释。广义:代表与作者有此同感的一部分人;狭义:指作者自己。当读者只有作者自己的时候,应该理解为狭义,因为是当时心情的一种排遣和宣泄;当读者已不只是作者自己的时候,那么可以理解为广义。这两个含义有深刻的区别,但常被混淆。

拿什么证明我爱你

我拿什么证明我爱你，
是举手时的矢志不渝。

我拿什么证明我爱你，
是荣辱沉浮中的坚持。

我拿什么证明我爱你，
是众敌攻击不退不避。

我拿什么证明我爱你，
是寂寞煎熬中的克制。

我拿什么证明我爱你，
夜深深仍亮着你的灯。

愁看窗外喜鹊儿

渴了水洼喝口水儿，
饿了树下吃虫子儿。
想玩儿屋顶飞一飞，
累了上树歇一会儿。

2015 年 12 月 18 日

爱情的诠释

一只坚强有力的手，
携着另一只温柔的手，
到永久。
两颗年轻炽热的心，
碰撞、激荡、融化于冉冉的朝霞。
相扶，于磨难的风雨；
相偎，在荣耀的晴空。

爱情—亲情，
合一。
在上帝面前履行他们一世的承诺。

向你祈求

我向你祈求，
赐福给每一个从我身边走过的路人，
赐福给每一段从我身边经过的景色。
让和畅的清风吹开人们的愁容，
让鲜艳的花朵点亮灰色的天空。

2014 年 12 月 18 日

风雨深意

青春的脚步总是匆匆
匆匆的青春里
有无数个绮丽的梦

绮丽的梦,就像这瓣瓣落红
翻飞、徜徉在碧空中

无边的碧空中有风雨相送
丝雨轻风呵可否更兼一程

灵 感

灵感躲闪在浮躁的尘世间,
惟诗人敏锐的心灵能捕到。
泛滥和喧嚣妄图把它湮没,
未料他将它举得更高更高。

2006 年 3 月 6 日于上海望族苑寓所

邂 逅

短暂的邂逅
倾心的交流
你脉脉的一笑
让我回味良久
一缕难舍的情思
涌上心头
难以平静的心情
更平添几分难受
呵
相见即是缘
离却不要愁

1999 年 10 月

骑车随记

忧愁总有忧愁的借口，
快乐总有快乐的理由。
在春光里节约些笑声，
在风雨中莫忘昂起头。

2015 年 10 月 15 日

已是过去

寒风之前的暖阳

浮云幻化的微笑

缱绻脑际

但

那已是过去

过去

不是为了忘记

是为了

深深地记取

2009 年 5 月 28 日

唯有坚持才能非凡

还剩下什么没有被钱所冲淡？

是什么理由值得你甘愿艰难？

多少次在心里挣扎，

多少遍无声的呐喊。

最容易的是说放弃，

唯有坚持才能非凡。

2010 年 9 月

天　使

天使没有张开他洁白的翅膀
无虑的在天际翱翔
他走在世间的路上

天使没有向世人炫耀
自己的奇异能力和无瑕面庞
他悄悄伸出温柔的手
抚平人们的忧伤

天使没有在重重阻挡中裹足不前
他在前行中思量
在思量中成长

天使不在意自己的外套是否挺括
只在意里面的衣裳是否洁白发光

天使矗立在天地间
但从不恃强
他用智慧的话语折断刀枪

天使忠实的持守本分
为黑暗的世界点亮希望

2009 年 4 月 30 日 22：00

佳 人

佳人
在何方
在无数回的梦里
在无尽想象中
在万里之外
在空中台榭
佳人遥在
遥在天边海厓

佳人
在何方
在春山绿野
在小园芳径
在咫尺身旁
佳人姗姗而来
真情的目光彼此投射
玉堂中
人影成双

2009 年 6 月 13 日

忽然明白

电视前草率的责怪,
网络上人云亦云的抨击,

静月下,
看着墙上皱巴巴的地图,
一幕光影,
一幕幕光影,
在脑际闪掠。
此时忽然明白,
爱她的,
不只是一个近视的热血青年。

2009 年 9 月 4 日

知己少

飞啊飞,飘啊飘。
到天涯,到海角。
人已醉,心不老。
穿人海,阅千峰。
友如星,知己少。

真　假

初次相识就称兄道弟的，
往往不是兄弟。
脱口而出的爱你，
其实并不很爱你。

虚伪的快递费只是嘴唇动那么几下，
最真的总是沉淀在心底，
只有默默付出，
没有豪言壮语。

2009 年 9 月 10 日站在地铁一角手机写

相　忘

花儿最美艳，是在盛开的时候。
凋谢后还能有什么呢？

离开的，
过去的，
相忘吧！
不必再传说和回忆。

2009 年 9 月 11 日 21∶05 于家中电脑前

墙

有人说：
街头摆小摊的与住在别墅里的，
中间有道墙。
有人说：
带外地口音的与说本地话的，
中间有道墙。
有人说：
挤公交的小白领与开奔驰的白富美，
中间有道墙。
有人说：
这道墙，
是一沓沓红红绿绿的纸片砌成的。

其实，
这道墙并不存在，
如果，
你用深邃而平直的眼去看。

2009 年 7 月

铠 甲

鲜红外袍里，

是冰冷的明光重铠。

明光重铠里，

是柔韧的黄金软甲。

黄金软甲里，

是洁白的，打着数个补丁的锦缎衣。

锦缎衣里，

是如海的胸怀。

胸怀里，

是铮铮的骨头。

骨头里，

是颗义无反顾的心。

2009 年 6 月在南京博物馆参观古代铠甲有感

冬日办理暂住证有感

红红的一个小本，

冷冷的胶印味道。

轻轻地拿在手中，

沉沉的怆然思考。

2013 年 12 月

想送杜甫一台上网本

如果真有时光穿梭机,
想送子美一台上网本。
这样,
他就可以随时记下不朽诗句,
不必费力的砚墨铺纸。

如果真有时光穿梭机,
想送拾遗一台上网本。
这样,
他就可以上传经邦治国之策,
不必顾虑小人的壅蔽。

如果真有时光穿梭机,
想送工部一台上网本。
这样他就可以存储:
草堂前旖旎的风景,
严武幕府中的笑傲,
哀怜百姓时的心伤,
和心向中原飘零江湘的悲怆。

2009年8月于松江42路公交车最后一排

来自上帝的微笑

小的时候
我很爱笑
长大以后
我的脸色
总是阴郁如暴雨前的乌云

罪恶
如乌云笼罩着我的良心
仁爱纯真的笑容不再向我脸庞靠近
罪恶
如乌云笼罩着我的良心
晚上
躲在乌云深处
将罪恶蹑手蹑脚地展开
以为谁都不会看见
白天
戴上庄重的面具挤出一点似是而非的笑
仍然扮演好人

无形中
却觉得有一双眼始终在俯视
无处躲避

光与暗在摔跤
白和黑在争辩
其实
他早已了然
只宽容的等待我向他承认

寂静
一句话也没有说出口
只有声声悔恨的叹息和抑制不住的哽咽

他已宽恕
将会心的微笑重新还给了我

两个我

我还是我，
我不是我。
老我并不甘心，
新我绝不言弃。
得胜没有捷径，
唯有坚持到底。

2006 年 3 月 7 日

别把我当成你的潜力股

别把我当成你的潜力股。
这是感情,
不是投机。
我不是幕后的庄家,
涨和跌都由不得我。
感情需要呵护,
为的是持有。
投机只重行情,
目的是卖出。
别忘了,
人和股票还是有区别的。

要感动别人先感动自己

要感动别人先感动自己,
震撼了我才能震撼了你。
美醉云涛先得绚烂雨滴,
有了真挚的情感,
才有深沉的字句。

2015 年 7 月 14 日 21 : 40

听歌偶记

刚说完

愿不愿意和我一起唱

紧接着

就飚了一个高音

刚说完

我爱你

紧接着

就闪过了一个拥抱

呵

美丽的花绽放

无声

深挚的爱给予

无言

2009 年 9 月 25 日

大荒赋

北大荒
在祖国的东北方
丰饶的土地上涌动着三条大江在那里奔放

她曾是一片洪荒
诗人笔下神奇的地方
那里
鲜花盛开的时间很短
江凝雪飘的日子很长
那里棒打狍子瓢勺鱼
那里是千芳争艳万鸟齐飞的梦乡

孕育无限生机的黑土地
下面蕴含着无尽的宝藏
亘古以来却寂寞空待暗自惆怅

四十五年前日出东方
拖拉机雄壮的轰鸣声中
十万垦荒大军来到这里建设边疆
唤起了蓄积万年的力量

五湖四海的人们操着南腔北调

在这沉默太久的土地上奏出了气势磅礴的交响
昔日的莽莽荒原
成了今天祖国的粮仓
过去泥泞的沼泽地
成了今天的飞机场
昨天罴狼横行的旷野
如今已成万顷良田
万千现代化机械欢乐地耕耘着人民的期望
白桦林少女般绰约着婀娜的丰姿
江河水真诚地向世界舒展着臂膀

黑龙松花乌苏里重温对祖国的誓言荡气回肠
白山黑水三江人实践着伟大的理想步履铿锵

以往
曾经
过去
你是北大荒
新世纪
新时代
新气象
你必将挺起铮铮的脊梁向世人自豪地宣告
我是北大仓

2003 年 1 月 7 日

用微笑鼓励自己

生活难免会有不如意，
与其整日叹息，
不如用微笑鼓励自己。
也许会感觉这样很难，
感觉这样很刻意。
但，
不用很久，
你总会找回积极的自己。
因为你正在把希望传递，
你传递给了别人，
别人也把它回报给了你。

2009 年 10 月 30 日

诗歌·故事

一首诗歌，一个故事。
一个集子，一段历史。
人前欢笑，如柏如石。
独思泪长，心事谁知。

2015 年 8 月 11 日

感恩的季节

注定,会与你相遇,
却未料,经历了太多不堪回首的风风雨雨,
让心灵的约会延期。
但这样也好,
让我更深地懂得珍惜。
曾经,曾经……
曾经,蝼蚁般为了蝇苟,苦愁;
曾经,层层的华丽掩饰不住,里面的龌龊、空虚;
曾经,是暗夜里丢了罗盘的船;
曾经,是一杆向悲哀投了降的旗;
曾经。

有你陪伴的日子真好,
自由、徜徉在你的国度里。
睡梦,安然,常泛起甜美的笑意。
接受我的忏悔,是你宽容的胸怀,
教会我为爱祈祷,是你无私的给予。
这是个感恩的季节,感恩的我不唯有纸和笔。

爱与钱

被埋深井下矿工们悲泣的血染红了煤炭。
因毒奶粉而逝去婴儿的灵魂在哀怨。
看着良田变为楼盘,
楼盘一空数年,
开发商的利润又翻了翻,
准备结婚的新人慨然。
呵!
当人心里不再有爱,
当人心里只剩下钱。
还有什么能比这更可怜!

漫天的大雪为他们祭奠。
愤怒的大地为他们震颤。
病毒瘟疫肆虐比贪欲更快,
增长的温室气体比一层层谎言的伪装更真实、更直观。
老天都记在了心,看在了眼。
仁爱啊!
你何时回来?
回到我们的心间!
我们啊!
我们何时打开心门?
让仁爱永住我们心间!

2009 年 12 月

有点窘

那年，
正往兜里揣几叠钞票准备去玩的时候，
看到一个人，
从提款机里，
取出五十块，
赶紧攥在手里。
我瞥了他一眼，
他的样子，
有点窘。

今天，
为取生活费，
我到银行提钱，
别人提了几万、几十万、几百万，
营业员拈给我一千，
我马上塞进票夹里。
他们瞄了我一眼，
我的样子，
有点窘。

2009 年

面　试

姿容，
是地表的云裳。
谈吐，
是心湖的涟漪。
眼神，
是心底的投射。
目光交汇的时候，
似乎就已经决定。
其他的言语，
略显得多余。

2009 年 12 月 21 日

路上呓语

她是他的好老婆，
他是她的坏老公。
她为家付出了很多很多，
家从他得到了很少很少。

2016 年 3 月 11 日

洒 脱

总是在不知不觉中,
给思想缚上了许多绳索。
总是在畏首畏尾时,
陷入莫名的困惑。
还没有开始,
就已准备好许多理由。
让美好的憧憬,
像风中落红,
优雅的飘落。

为什么不会洒脱?
决定了就去做。
岂不知,美好的总是很难得。
一生能有几回搏?
艰难、坎坷只要敢,就能过。
谁说这不是另外一种收获。

2003 年 1 月

悍 马

躯体，
出自陡峻的山岩，
几经粹炼，
已成精钢。

灵魂，
出于巅峰之上的设计，
无疵无瑕。

性格，
摧坚克险，
勇冠群伦。

流水线旁，
倒映熠闪的斜阳，
他们整装待发。

命运一：
连连震爆和如雨弹头中，
他们穿梭自如，
追歼凶暴。

命运二：
权阀怂恿下，
在贫民无助的哀求中，
他们将陋屋无情撞塌。

命运三：
无边沙海中载着幸存的祈望，
他们执着寻找，
直到发现生命的迹象。

命运四：
奢豪的婚礼上，
他们披金结彩，
霸气十足的结队而出，
上面坐着一对骄狂的新人，
一同憧憬着永远剥削别人的梦想。

功罪是非，
他们在不断地思考、衡量。

2009 年 10 月

你以为躲得过天理昭彰

转基因食品,
价格很低廉。
三聚氰胺奶粉,
孩子们吃得很香甜。
病死猪肉火腿肠,
味道挺鲜美。
镍铬烤瓷牙,
一百年也不会坏。

可是,
为什么?
可是,
为什么?
你们,
从不享受这么好的研究成果?
你们,
从不吃自己研究的转基因食品,
而是让别人做付费的小白鼠。
你们,
从不让自己的宝贝喝自己生产的毒奶粉,
而是卖给别人,
让他们的宝贝奄奄一息。

你们,
从来不尝自己亲手做的坏肉火腿肠,
而是卖给别人补充辘辘饥肠。
你们,
宁可缺牙掉齿,
也不愿给自己镶半个低毒的镍铬合金牙,
而是镶给别人,
任其身体慢慢损伤。

你把实验品试给他,
他把毒奶粉卖给你;
他吃了你的火腿肠,
你镶了他的镍铬牙……
屠夫的后代在自戕,
毒贩的子孙在吸毒……
你以为躲得过天理昭彰?
你以为躲得过天理昭彰?

2009 年 10 月

友人结婚而作

可曾记得

儿时你我在那棵梧桐树下的童趣

可曾记得

奔赴各自大学前一天月亮下面的期许

四年的分别

八年的等待

其中有许多

思念你的无眠之夜

在你身旁的一秒

胜似电话和网络上的一百年

情路漫漫

情路修远

此心不变

朝朝思

暮暮盼

你与我

我与你

用无尽的爱

在今天订立这爱的盟约

2010年4月2日

最纯真的爱

还记得那张车票吗?
你我相识的开始。
还记得那不经意间,
多次的并肩而坐吗?
你我渐渐相知。
到地铁的路上,
伞下的你和我,
心在靠近。
问我要的诗,
是否还一直珍藏?
手机里,我的名字。
希望别再被改成"讨厌的"。
多希望在蓝天白云下面,
茵茵芳草和淙淙溪水旁边,
看着你的笑颜,
与花儿轻舞,
弹奏那梦中的旋律,
和你一起愉悦于上帝的光辉里。

祝福的眼

地铁里面的轻轻起身
暖人心扉的句句安慰
讲台上的导人向善
会堂中的仗义执言
危难中的挺身而出
艰险中的义无反顾
……
他们本以为很孤单
却不知
在身边
网络上
电视前
有那么多双祝福的眼

爱和真

爱是不求回报的付出
爱是所有美好的源头
真是心灵交汇的起点
真是世间正直的理由

2016年3月9日

保持谦虚

即使有人觉得虚伪,
你仍要保持谦虚。
因为当谦虚停止的那一秒,
骄傲已经开始,
你和人们的心已有了距离。
怠慢的种子萌发,
最后结出滴毒汁的果实。
谦虚不难,
贵在坚持。

算不得什么

当月亮出现的时候,
星星的璀璨便算不得什么。
当海洋的胸膛起伏的时候,
江河的狂浪便算不得什么。
当黄金在千年后仍熠熠闪耀的时候,
斑驳的锈迹更算不得什么。
当真爱来到的时候,
世间的一切便算不得什么。

我想和你一起走着,走着,一直的

第一次见到你,
是在十七岁的梦里,
我记住了你的姓氏,
却想不起你的名字,
我看了你一眼,
你害羞地低下了头,
我记住了那种感觉,
却想不起你的样子。

第二次见到你,
是在你 QQ 空间里,
漫不经心的我,
此时若有所思的凝视。

第三次见到你,
是在你公司大厦里,
轻盈的脚步和浅浅的一笑,
是不是你我不太确定,
当你要擦肩走过的时候,
我喊出了你的名字。

雨后的天上,

我们看见两道彩虹，
难道，这是另一种约定？

你长发的香气和着芙蓉清新的气息，
锁住我游荡的眼神，
你夏日般灿烂的笑容，
温暖我冰冷的心弦。
在这美好的景致中，
我们一起漫步，
我想和你一起这样走着，走着，一直的。

2011 年 7 月 20 日

两米居

北京房价居高不下，
房屋租金水涨船高。
中关村里青云社区，
九十平方八户共居。
一上下铺一电脑桌，
隔断一间面积两米。
一电灯泡一小气窗。
租金六百付三押一。

2010 年 9 月

815 公交车站的偶遇

傍晚,
天色阴沉,
黑云低垂。
快车站台的西面又排起了两行百米长队,
赶车的人们行色匆匆。

天桥上,
一位靓丽女孩,
挪着沉重的手提箱,
一个台阶,
又一个台阶,
沉沉地喘息。

人们,
行色匆匆地走过她的身边,
行色匆匆地顾不上看她一眼。
行人中,
有年轻的小伙儿,
有结伴而行的姑娘,
有操着南腔北调的大叔大婶……
还有一位金发碧眼背着沉重电脑包的外国青年。
他走过女孩身边时,
脚步分明有些迟疑。
他等的车来了,

他却没有上去。
他返回到女孩身边，
用不太熟练的中文问："我可以帮你吗？"
最近新闻上总有外国人滋事的负面消息，
我心想：坏了，这老外一定不怀好意。
他帮她把提箱拿下来，
没等女孩道声谢，
便消失在人群中。

我在想：
和我相比，
他的心要更柔软一些。
和我相比，
他的心要更温暖一些。

2012 年 8 月 27 日 19：09 于北京华贸桥

端正好

端正生活的态度，
你会收获美好。
端正工作的态度，
你会收获尊重。
端正信仰的态度，
你会收获虔敬。

2015 年 8 月 11 日

一个美丽一个高远，一个淡雅一个鲜艳

说好了今天来看你，
外面却打起雷，下起了雨。
幸亏带给你的是你爱吃的开心果而不是一束玫瑰。
否则你不会喜欢，更将被大风吹散。
电话里你说"雨很大，要不别来了"。
我说"我已经在地铁里。嘻嘻！"
你问我："带伞了吗？"
我说"带了"。其实我心里还想送你回去。
出了西二旗，风也静，雨也息，黑云破，太阳在把笑脸挤。
天上美丽的彩虹命令行人掏出了拍照的手机。
我喊你快出来看，
当时好想拉你的手却没有敢。
你说没看见，
我说在这边。
我们却发现原来是一对。
一个美丽一个高远，
一个淡雅一个鲜艳。

2011年6月11日

事　业

有的人，
事业在天上。
有的人，
事业在海中。
有的人，
事业在地下。

有的人，
事业在嘴巴上。
有的人，
事业在锄头上。
有的人，
事业在工具上。
有的人，
事业在钱币上。

而我的事业，
是在笔上。

2013 年 10 月 15 日

我是中国人

你问我,
你是哪里人?
我说:祖籍是山东,
祖辈闯关东,
生在黑龙江,
在北京工作,
户口在河北。
我是中国人。

你问他,
你是哪里人?
他说:祖籍是山西,
父母支边到西部,
生长在新疆,
北京上大学,
工作在北京,
户口在北京。
我是中国人。

我们问你,
你是哪里人?
你说:祖籍是宁波,

爷爷独闯大上海，
父母插队去云南，
生在西双版纳，
九十年代回上海，
现在在欧洲。
我是中国人。

愚蠢的聪明人

敏锐的反应

如电

机辩的口才

如河

周密的计划

无缝

坚韧的毅力

无敌

但却与仁义差之毫厘而失之交臂

只好在人们的惊疑之中一败涂地

2015年3月13日

这一季

先是雾霾，
后是沙尘暴，
交替，混合，
像是急着要吞没城市和其中的一切。

人们用手机拍照，
发微博和朋友圈奔走相告。
像发现了不寻常的景象，
可是人们明明早已麻木。
天空开始惆怅，
太阳迷失方向。

这是不是现实版的星际迷航？
地球还是不是我们的无忧港？
我们开着汽车去买菜，
口里却抱怨着污浊的空气，
我们说绿色出行好，
双手却在拼命地摇号，
想拥有更多的汽车和房子。

我们如此寻求满足感，
终归是想用手挽留风。

2015 年 4 月 20 日沙尘暴再度来袭有感

他世将以情还你

曾经遇见你。
知道是哪天相见的,
却不知哪天会分离。
相见的时候,欢笑常在耳畔。
分别的时候,泪水代替语言。

纯洁善良如你,
也难消心底对我的恚怨。
冷漠无情如我,
也难擦干深夜枕边泪迹。

一生有多少收获,
就会有多少憾恨。
纵今生不能相守,
他世将以情还你。

2011 年 6 月 5 日

我已悄悄地把你的
样子刻在了心里

像一片月，
像一个谜。
是那样远，
又这么近。
每天相见，
却无法相近。
思中思，
梦中梦，
梦里思君不愿醒。
我已悄悄地把你的样子，
刻在了心里。

一边……一边

一边干活，一边酝酿。
一边劳作，一边吟咏。
一边体会，一边感悟。
一边喜乐，一边感谢。

2009年9月11日于傍晚班车上

想要拥抱每一位路人

想要拥抱每一位路人,
无论是年轻的,
无论是年老的。
想要拥抱每一位路人,
无论是丑恶的,
无论是美好的。
真心地说一声,
祝福你。
告别黑暗,
前方的旅程都是美好的,
只要你确信。
尽管有时泥泞有时晴,
这是我们的人生。

2014 年 11 月 24 日

灵感的落叶

抓住这灵感,
别再说等一等、看一看。
风飞花,云追月,都只转瞬。
谁能说,请停一停?

女人是一道风景

女人是一道风景,
或艳或淡,
总有令人不忘之处。

女人是一首诗歌,
或直或婉,
总令人品读出诗意。

女人是一曲清音,
或轻或亢,
倾听心旷神怡。

女人是一湾流水,
或湍或缓,
柔畅使顽石化美玉。

明珠自珍,
美玉自蕴。

女人应是明月,
女人不是沟渠。

2015 年 3 月 10 日

我心安处即是家

家是最温馨的地方，
也是最冰冷的地方。
家是最令人向往的地方，
也是最让人逃避的地方。
家是最安静的地方，
也是最嘈杂的地方。
无爱的时候家是地狱，
有爱的时候家是天堂。

2015 年 5 月 2 日

写给未来

这不是一个属于诗歌的时代
因为人们的心
安静难再

所以
我的诗歌
只能写给
未来

2015 年 6 月 6 日

好人坏人

为利,
两个好人,
在彼此的口中成为坏人。
为利,
两个坏人,
在彼此的口中成为好人。

为义,
两个好人,
在彼此的心中成为好人。
为义,
两个坏人,
在彼此的心中成为坏人。

2015 年 6 月 18 日

无 真

一个在自说自话,
一个在自娱自乐。
一个在认真演戏,
一个在假装看戏。

K线·颠

支点忽左忽右的一根斜线,
能让千百家为之心惊胆战。
波形似肩似顶的一幅图案,
能令亿万人不时张口闭眼。
是欲望使满足的安宁不宁,
是贪婪让幸福的平静难静。
宝贵胜金的时间一逝难追,
欣喜若狂的感觉何其短暂。
黄雀瞥着螳螂瞳孔里的蝉,
黑暗中的少年弯弓挟着弹。
不知何处巨网倏然下又收,
空余青青原野寂寥再如前。
天籁无法驻足哀怨的耳中,
美景不能映照憾恨的眼帘。

2015 年 7 月 6 日

风与花

花在风的梦中,
风不在花的心上。
风萦绕着花儿,
花儿已将风遗忘。

风没能在花瓣上留下吻痕,
花儿却沁入风永久的馨香。

2015 年 8 月 3 日

请别玩手机

手机,
是个好东西,
也是个坏东西。
手机,
拉近了人们的距离,
也拉开了人们的距离。
手机,
能联结物的全世界,
也能让全世界的情分崩离析。
相聚的时候,
请别玩手机。

2015 年 7 月 6 日

那些概念

那些新奇词汇
我听不懂
你也没想要我听懂

你只说它的好
从不说它的不好
你只要我接受
从不顾我的感受

我曾质疑
但那些连发明者自己也解释不通的晦涩概念
让我迷惑
无从反驳

透视
那令人眼花缭乱的绚烂烟花
长久的是黑暗
吹散
那让人神魂颠倒的浓烈香气
蒸腾的是肮脏

丑陋的虫蛹善于
披上美丽的外衣

2015年8月4日

奈 何

奈何,
奈何。
美满的婚姻因为祝福,
痛苦的婚姻因为咒诅。
祝福,
让美满渐久渐和睦,
咒诅,
让幸福迷失于痛苦,
咒诅,
结束。
祝福,
持续。

2015 年 8 月 9 日

解 题

遇到问题找痒处,
解决疑难转璇玑。
莫怪多劳无寸勋,
先思何处是根基。

2013 年 9 月 1 日

"您"的双眼

"您"有时不喜欢我直视"您"的眼睛。
我不明白,
却也没有问为什么。
直到数年后,
我也成为了"您",
有时也不喜欢别人直视我的眼睛。

刚才,
在洗手的时候,
我突然理解。
不为别的,
只是因为,
在"您"的眼睛里,
有时隐藏着许多不为人知的黑色。

【注】
　傍晚洗手时有所感悟,5分钟内稍稍整理词句,并马上于笔记本电脑上记之。

天地至美

太阳的光辉
照不亮夜晚的黑
月光的柔美
晒不干相思的泪

每时每刻在追寻
却永远不能相会

你在他的梦中
他在你的心扉
没有言语只有默契
不必约定不会后悔

安于无形的轨道
倾听人间的欢笑

放下灵魂的缧绁
感受天地的至美

【注】
缧绁（léi xiè）：指诸多捆绑。

风的活力

呛人的空气包围清晨的巢
谁为小鸟带上防霾的口罩
翅膀在无边的尘雾中迷路
谁教会它们使用 GPS 导航
风起的时候是那样的美好
明亮的太阳在蔚蓝中微笑
云在风涛里洗净灰色外袍
一切都充满着生命的活力

2016 年 1 月 19 日

山 顶

山顶风景无限美。
路难行，有狼也有虎。

勇敢向前冲。
不用刀劈，荆棘不会让路。

活着就是一场拼搏。
容不得许多害怕，容不得许多懦弱。

2016 年 1 月 15 日

人间烟火与人情世故

不食人间烟火的,
对人间烟火最敏感。
一心访道求神的,
对人情世故最茫然。
人情世故里有着多少的七情六欲,
人间烟火中就饱含多少苦辣酸甜。

2016 年 2 月 17 日

两点之间

只要是正义的,
在哪就爱哪,
不要总想着逃避,
流浪的脚步难以成功。

做什么就专什么,
方向太多容易迷惘,
两点之间,
最近的距离是直线。

2016 年 1 月 15 日

谄笑像刀

你谄笑着
走近我

咬我一口
浣了血

又谄笑着
对我说

没事儿的
是闹着玩

谄笑
像刀

谄笑
像刀

尧舜引力波华盛顿杰斐逊

你从过去走来,
他向未来走去。
在引力波被人们证实的日子,
我想你们一定是古时的尧舜,
古时的尧舜也是未来的你们。
因为你们有相同的心和灵魂,
战胜私欲和自己只想着人民。

2016 年 2 月 15 日

题路边小广告赠环卫 工人及志愿者

方寸之间的斗争,
光明黑暗的较量。
一方是三更出洞,
一边是五鼓仍忙。
俯身贴下的是邪恶,
举手倾注的是阳光。

2016 年 3 月 31 日

朽木与璞玉的境遇

得体的衣衫穿在朽木上
你看我我看你
竟然也能产生礼

粗糙的璞包裹美玉
你怀疑我怀疑
众人抛弃

美玉常忘了自我修饰
朽木不得不左支右颐

2016 年 2 月 19 日

太

余地太少，
容不得那么多的退缩。
夜色太黑，
看不见那么多的懦弱。
未来太好，
由不得那么多的骄傲。

2016 年 2 月 29 日于地铁

孤独为伍

宁可孤独
也不要与私欲盈心者为伍

孤独
有时是一种痛苦

为伍
则是对亲人和良友的辜负

良友不在的时候
人要学会享受孤独

2016 年 2 月 17 日

脑电波信息

有了键盘就似乎忘了字怎么写,
有了语音输入就干脆忘了键盘。
是否,
未来传递感情甚至不需要言语,
点一点头挥一挥手微微地一笑,
彼此之间就已经完完全全会意。

2016 年 2 月 20 日

遇路怒族有感

不住地咒骂

只因红灯变绿

前面的司机晚踩了一下油门

他还是一个新手

反应不敢那么快

如果能

多给予一些理解和忍耐

它一定

多收获一些快乐和关怀

2016 年 3 月 14 日

题一张网传飞机拍摄
北京上空照片

天外飞仙掠过时一定会咳嗽，

因为这片云彩有些与众不同。

到底哪里是南北哪里是西东？

茫茫云海也看不清也辨不明。

多想赶快去银河中洗净衣裳，

万不能把一粒尘埃带回天宫。

2016 年 3 月 10 日

如果风儿不曾吹向你

如果不曾吹向你

风儿不知什么叫作妩媚

如果不曾陪伴你

月儿无法倾听人们心扉

灰色的空气凝结

你的浅笑让人们相信世界仍有美

漫天的烟雨飘坠

有枝青莲在水天一色中安然入睡

2015 年 11 月 19 日作，2016 年 3 月 11 日改

古文与白话文

文学中

古文像是弹簧

白话文像是积木

生活中

古文像是哈哈镜

白话文像是平面镜

2015 年 6 月 9 日

微 诗

资本的扩张

酝酿，

造势，

进入，

示优，

竞争，

合作，

收买，

独大。

2014 年 12 月 9 日

公立幼儿园
——听小区保安与租户对话有感

"幼儿园，

公立的。

一般人，

进不去。"

听起来，

很讽刺。

2016 年 3 月 4 日

知你幸福我便心安

断雁南飞,
去寒就暖。
知你幸福,
我便心安。

2016 年 2 月 8 日

赠友人将从欧洲归国

星东飞,
我心随。
梦越海,
迎君归。

2015 年 6 月 1 日

不要

不要幻想与毒蛇成为朋友,
不要奢望由贪婪得到幸福。

观

微表情,
最说明。
弦外音,
最堪听。

2013 年 1 月 16 日

照无疆

一点光,
一片亮。
传不尽,
照无疆。

2015 年 7 月 17 日

环境的适应或改变

如果不能适应环境,
那就努力改变环境。

2016 年 2 月 12 日

眼　中

好人的眼中全是好人。
恶者的眼中全是恶者。

《史记》与《资治通鉴》

如果说，
《史记》是唐诗。
那么说，
《资治通鉴》就是唐诗释义。

如果说，
《史记》是谜题，
那么说，
《资治通鉴》就是谜底。

2016 年 7 月 25 日

在世间行走的天使

请相信，
人间确实有天使。
就是那些，
有着天使之心的人们。

2016 年 1 月 17 日

什 么

喜欢什么就接近什么。
追求什么就得到什么。

2014 年 7 月 4 日

蓝天白云的美好

望着蓝色的天白色的云,
便足以感受人生的美好。
望着蓝色的天白色的云,
便足以忘掉所有的烦恼。

河 边

离河边越远
越安全
离河边越近
越危险
因为
你所看到的
只不过是表面

2015 年 7 月 20 日

奢 望

看衣看房看车看名片的时代，
自然不能奢望那么多的真情。

2015 年 6 月 24 日

欲与好

有其所欲，
天涯亦至。
无其所好，
咫尺不行。

2015 年 12 月 30 日

奴 隶

谁是奴隶？
是手机？
还是你？

2016 年 1 月 4 日

中国大妈指标

在中国的投资海洋中，
只要大妈们刚刚入水，
投资客就该立即上岸。

2016 年 3 月 29 日

祝你平安

每辆礼让行人的车开走时,
我的心里都会唱起那首歌,
祝你平安,哦,祝你平安。

2015 年 6 月 17 日

记　梦

作为新闻联播二十多年的忠实粉丝,
我和领导人们,
不知不觉也成了常常见面的好朋友,
在梦中。

2016 年 2 月 20 日

致自己

没有人比你对上帝的爱少,
当你自以为是的时候。

2016 年 2 月 29 日

大声说话

当大声说话成为文明社会的奢侈，
你是不是已变作只懂沉默的羔羊。

2016 年 2 月 24 日

【注】
　　在都市化的文明社会里，仿佛只有老板或领导的高声谈论才会为人们所接受。普通人大声说话则会被视为没有素质。

诗有七炼

炼情（提炼情感）

炼理（提炼道理）

炼意（提炼意趣）

炼境（提炼境界）

炼势（提炼体势）

炼句（提炼警句）

炼字（提炼妙字）

2015 年 6 月 25 日

宁

调心,纯神。
节欲,守正。
循道,辨惑。
除邪,远非。
任理,竭力。

2015年6月3日

【诗　解】

调整心态,纯净精神。
节制欲望,保守正直。
遵循道义,辨明疑惑。
除去邪恶,远离是非。
任凭理智,竭力前行。

天微蓝

雾布霾纱,
笼罩层城。
行人惆怅,
车河匆匆。

2015年2月28日 18:53 下班高峰期

词

无 闷

　　轻抚琴弦，音可去愁，一路风尘未除。把酒问苍天，青春几度。来路登高远眺，却只见，茫茫如隔雾。左思右想，前瞻后顾，不能自主。　　何处？少愁绪。指点痴迷人，一条明路。不愿再沉醉，酒醒何处。他日得步正途，定会有，一番新建树。看日后，必有新人，天下重任肩负。

1998 年 3 月 9 日

醉花阴

　　滚滚红尘奔忙累，是错还是对？丝乱不堪分，一曲高歌，此刻如金贵。　　酒逢知己谋一醉，醉后人憔悴？无语上高阁，寂寞无妨，有月色相对。

1998 年 4 月 21 日

卜算子

　　大鹏志高远，盘桓因何故？未离巢穴经风雨，不明前方路。　　海阔天更高，怎知无风助？腾空展翅九万里，终至最高处。

1998 年 6 月

鹊桥仙

　　知音难觅，天涯海角，只影与谁同去。烟波云海与君识，并肩向，银汉中叙。　　风雨相共，绝顶同凌，从此死生永系。江河凝滞天地合，乃敢语，与君别离。

1999 年 10 月 31 日

采桑子

　　雾中芙蓉金水映，轻举风荷，婉转清吟。却是月中人逡至？　　长忆《飘摇》动情处，倚楼襟湿，似曾相识？遥祝锦霞满天时。

金陵（自度曲）

　　金陵自古繁华，莫愁湖畔，参差十万人家。六朝帝都，汇聚千古英杰，俱展芳华。秦淮曼舞，江棹清歌，偕一城珠玉琵琶。　　自铁蹄东夹，笙箫梦断，玉簪凌乱。残垣下，酒醒，六十年发奋。而今神州盛世再兴。好男儿驰骋天地间，敢不一搏？

2005 年 7 月 28 日于沪宁车中

踏莎行

　　有象信息，无形频率。世情方寸即传递。心联河瀚创奇思，长灯做伴谁觉苦？　　地上穿梭，云中来去。诚通四海人心聚。高瞻远瞩骏局开，厚德载物民福巨。

　　2014 年 12 月 14 日 00:01 写于安宁里，2014 年 12 月 15 日 11:57 修改

【注】
有象：视、听、触等感觉。
世情：世间万事。
方寸：通信终端设备。
河瀚：银河与浩瀚宇宙。
奇思：奇妙的创新。

秦剑长

　　秦剑长，敛寒光。两千年，深穴藏。琉璃隔，青绒上。万人赞，独心伤。　　忆当时，伴君王。劈地动，撩星慌。曾东出，六国荡。平乱世，安黔首。　　舜帝赐姓，周王封疆。百里致霸，鼎定卫鞅。同书轨，一衡量。复长吟，谁能当？

2013 年 10 月 10 日

他年若相逢
——看手机视频有感于行为艺术家玛丽娜（Marina）和尤列（Ulay）的故事

二十年，山高水远影嫣然。逐轻梦，挥手相顾一笑。月半送轻舟，夏花对风轻摇。　而今俗世偶相逢，华发销朱颜。流波动，世惊羡。无言有泪。纵难舍，手分心仍暖。

2014年9月19日于北京海淀

【注】

2010年，南斯拉夫行为艺术家 Marina Abramovi 在纽约 MOMA 静坐了716小时肖然不动，接受了1500个陌生人的与之对视。唯有一人的出现让雕塑般的她颤抖流泪起来，那就是 Ulay。

1976年 Marina 在阿姆斯特丹遇到了与她同一天出生的灵魂伴侣 Ulay 一位来自西德的行为艺术家，两人开始合作实施一系列与性别意义和时空观念有关的双人表演作品。1988年，12年同生共死的表演生涯之后，两人感情走到尽头。Marina 决定以一种罗曼主义的方式结束这段"充满神秘感、能量的关系"。他们来到中国，Marina 从渤海之滨的山海关出发自东向西，Ulay 自戈壁滩的嘉峪关由西向东前行，历时3个月，各自前行2500公里，最终在二郎山会合，完成了最后一件合作作品"情人——长城"。同时也是他们爱情的绝响，然后挥手告别。一别22年，Marina 在 MOMA 遇见 Ulay，触及心灵最底层的震撼。几十年的故事在那一刻得到了升华。

漫漫长路仁者远

威武雄师，振我河山。帷幄绸缪，溃敌百万。

一众心兮，国自强。胜强虏兮，百邻安。

泱泱神州民为本，漫漫长路仁者远。

2010 年 9 月

记 梦

辰星动，世人惊。身卧高崖，崖宽尺余许。

日赤如盆，月蓝若盘，环转绕崖迅。

2014 年 12 月 6 日

学院路花开满树

风弱春空朗日骄，杨花恣飞飘。小站归人频顾盼，微汗车遥遥。

学院锦绮如伞盖，暗送清香来。浓荫更广人适意，抚叶含情笑。

2015 年 4 月 30 日

花易老

春易逝,花易老。白驹无情,不觉银丝绕鬓梢。
回首处,心寂寥。红尘汹涌,新人总把白头笑。
功名高,花妖娆。一世幻境,醉舞春风向谁嘲。
忙里思,乱中静。万般历尽,不负己心方是好。

2014 年 11 月 20 日

游园春

天朗云逸,浅深翠色倚山青,风摇长柳丝。
花红枝碧,远近新萍点点绿,春池佳人影。
柏荫松径,兰欣竹笑牡丹语,人花两依依。
又送春去,年年如是春山知,月明星不稀。

2015 年 4 月 27 日游北京植物园记

至 晨

夜风在吹,吹得谁心碎?
飞星在追,追得谁疲惫?
一句句留言,一点点回味。
追忆怦然心动的初见,慨叹重逢的无言以对。

男人的沉默

男人的沉默,有时是觉得累。男人的沉默,不能说无所谓。
心中千般苦,又能说给谁。脸上虽含笑,胸中止着泪。
借酒难销愁,愁来不能醉。且看风间松,请问雪中梅。
负重仍向前,有险不能退。努力的人生,没有恨与悔。

2015 年 3 月 31 日

流浪的猫咪

流浪的猫咪,眼中闪过一丝恐惧。流浪的猫咪,为了活着四处寻觅。
流浪的猫咪,心里渴望得到慰藉。流浪的猫咪,何时到达安息之地?
晚风吹来,夜雨暗滴。秋风瑟缩,落叶飘零。
向何处去? 向何处去?
洁白无比的绒毛溅上了污泥,曾踏金丝毯的脚掌磨的发硬。
徘徊于路人匆匆的脚前,踌躇在繁华都市的边缘,
无人识,无人识。
忽然,渐冷的身体竟如此温暖,是梦幻? 不是梦幻!
身上污泥已洗去,偎在他宽厚胸前。
在精金宝石的城中,得安息。不再流浪的猫咪,快乐无比。

向阳花

向阳花，小小的向阳花。随着风儿安个家。
春风笑，稚嫩的小脸颊。微风细雨轻轻洒。
夏日暖，花丛之中最和善。为青草挡雨做个伴。
秋叶黄，满盘珠玉含香。小池轻烟笼斜阳。
冬雪飞，冷风吹枝叶坠。横卧寒隅泪暗垂。
不流泪，静静的不流泪。柳枝正绿又百葵。

2015 年 1 月 8 日

那么，你错了

如果你以为，正襟危坐一本正经的一定是君子。那么你错了。
如果你以为，万里无云的日子一定不会下雨。那么你错了。
如果你以为，风度翩翩、妙语连珠的教授说的一定是真理。那么你错了。
如果你以为，踩在你玉足下的小草不会感到痛。那么你错了。

2009 年 6 月 6 日 23：30

喜 欢

喜欢凝望你深邃的双眼，喜欢依靠你宽厚的双肩。
喜欢你处事时坚毅果敢，喜欢你诗人般的浪漫。
你有你的志向和信念，你不沉湎如胶似漆的缠绵。
飞鹰已展翅不会长久低旋，风云际会时必要发出雷电。
我不奢望你时刻把我陪伴，只愿我们满头白发的日子，
你还能像从前抱着吉他，和我一起快乐地唱着诗篇。

心的方向

在纷繁复杂的世事里,磨炼、考验自己。
在彷徨失措的时候,是上帝给我指引。
我脚下的路通往远方,我的心中充满希望。
纵然荆棘密布,迷雾重重道路多曲折,我的心不改变方向。

2003 年 4 月 20 日

爱情的苦酒

亲爱的人儿啊,为何我看不懂你善变的眼眸,
还是想说分手,却找不到美丽的借口。
其实你又何必在意我落寞的感受,其实你又何必留恋我曾经的温柔,
就当是场醉人的梦被吹散在风中。不必回头,不必回头,
让我独自在寒夜里喝这杯爱情的苦酒。

亲爱的人儿啊,为何任一颗真心这样被伤透?
我不会再挽留,想拥空中的虹在怀中。
其实你又何必在意我落寞的感受,其实你又何必留恋我曾经的温柔,
就当是场醉人的梦被吹散在风中。
不必回头,不必回头,
让我独自寒夜里喝这杯爱情的苦酒。

风中天使

风,告诉我身世的秘密。

风,告诉我原本的故乡。

风,让我张开洁白的翅膀,回到天空中翱翔。

风,指引我追逐的方向。

风,嘱咐我坚忍中盼望。

风,抚平我所有忧伤,陪伴在我身旁,无论何方。

越过险峻的山峰,穿过汹涌的海浪,

任凭清俊的脸庞,刻上岁月的沧桑,柔弱的翅膀早已变得坚强。

谢辞烟霞多情的挽留,避开虹彩温柔的目光。

请原谅,请原谅,风的叮咛我不能遗忘。

2003 年 4 月 19 日于内蒙古

为君守身如玉

抵抗阵阵花香的侵袭。不屑不择手段捧来的富丽。

从热情的盛筵旁轻轻走过,不顾人们的惊愕。

假装听不懂乌云浊风的暗示。任旁人笑我迟、笑我痴。

这一切,

只为对你心意深深的感知,只为对你心意深深的感知。

2010 年 10 月 23 日

香 绮

花儿开在
初夏的和风里
唧啾的鸣唱中
蓝天是舞台
白云做舞伴
在夜露下小憩
于暖阳中招展
黯淡了春枝
寂寥了嚣氛

鲜映百步
香侵十里
有蜂声蝶语太浮浪
有彩袖凌波不忍折
与玉盘云烟袅娜
共金辉影照流波
欢时约风翩翩舞
思时凝雨锦筝和
惊鸿停翅不南归
啼猿屏息翻作歌

算人间美景几许

问天下知己谁何

人道花无长时艳

君看香绮年复年

2014年4月21日22:50 于北京海淀安宁里

我从梦中惊醒

你给我的感觉

像一个五彩斑斓的梦

让我对你的思念

如影随形

你给我的感觉

像一阵醉人的淡淡风

我热情地张开了双臂

怀中却不是期待的浅笑盈盈

你给我的感觉

像一块来自远古的冰

纵使付出千度的热

换来的仍是无动于衷

为何总是遮掩你的真情

话到嘴边却又默然无声

这分明是一场残酷的幻梦

但愿我们都从梦中惊醒

眼跳歌

左眼跳财,右眼跳灾。
左眼跳时笑颜开,右眼跳时一点白。

勉力义与善,强如狐疑与心猜。
左眼跳福气,右眼跳开怀。有善有义两者皆会来。

2016 年 3 月 26 日

不愁不恼小喜鹊

头顶一群小喜鹊,一年四季洽洽洽。
没有烦恼没有愁,槐树枝上安个家。

2015 年 3 月 26 日

偶过牡丹园

某一天
偶然间
漫步游人如织的花园
榕树下
池塘边
忽现一对羞涩的牡丹
粉红花瓣像你的容颜
金黄花蕊像我的笑脸
风儿吹过它们紧紧相偎
叶儿掩映它们更加雍艳

2007 年 6 月 3 日

唯 一

从我见到你的那一瞬起
便认定你是我的唯一
不要再迟疑　也不许再犹豫
永远陪伴我　不说分离

耳畔在回荡　你温柔的叮咛
美丽的倩影　荡漾起我心头阵阵涟漪

如何能忘记　如何能忘记
那心醉如梦般的曾经
当忧愁袭向我的时候
你的旋律为我诉说不平
你抚慰的言语驱散我愁绪
让月影和星光紧紧依偎我怀里

而今站在高山顶
芳踪不知何处寻
让我陷入莫名的孤寂
不能没有你　不能没有你
天涯望断也要把你追寻

年轻的心不再沉寂

用我一生时间陪你够不够
在你身边我不再忧愁
漫长黑夜我摇动无处闪躲
你紧握住我的手

与你相遇是我最美的邂逅
流浪的心永远为你而停留
坎坷中你使我继续前行
你给我多彩的天空

轻　轻
我的心靠近你
听　听
风中歌唱的声音
年轻的心永远不会再沉寂

一路的足迹是你我约定的见证
你的影子烙印在我灵魂中
电闪雷鸣乌云纵然不停
我们却看见天边的虹

草原姑娘

草原的风一阵阵清香
草原的花陪伴美丽的姑娘
眼眉像那青山长又长
笑容像那天上妩媚的月亮
红色裙角飞扬
马头琴声悠长
马奶美酒醇厚
浓浓奶茶飘香
阿哥当兵守海疆
保护同胞灭豺狼
阿哥每天在阿妹的心上
阿妹永远在阿哥的梦乡
波涛在歌唱
旗帜在飘扬
战友在思念
手捧绿军装
姑娘你的眼光
为何望着远方
姑娘你的眼光
为何望着远方

2016 年 4 月 26 日

生命是一道印迹

生命是一道印迹

像夜空中的流星

生命是一道印迹

变幻如同浮云

生命是一道印迹

像海浪起伏不定

生命是一道印迹

未来谁能预计

黑暗　光明

深渊　山顶

努力

尽管路崎岖

有阳光指引会胜利

就算风不停

借它展开万里羽翼

生命是一道印迹

未来有谁能预计

别问会不会赢

想好就拼到底

黑暗　光明
深渊　山顶

继续
尽管路崎岖
有阳光指引会胜利
就算风不停
借它展开万里羽翼

生命是一道印迹
未来有谁能预计
一定感天动地
嘲笑不必在意

尽管路崎岖
有阳光指引会胜利
就算风不停
借它展开万里羽翼

2015 年 3 月 20 日

寻觅爱情

美宅名车
遮住了你的双眼
爱情从你身边轻叹而过

乱花缤纷
迷惑了你的双眼
爱情与你擦肩而过

Internet
抓住了你的眼和心
爱情从你面前落寞走过

转眼间
青春不在
你怨尤说
世界上根本没有爱情

爱情的眼泪
在你身边轻轻滑落

2007年6月7日 01:00

永远对你好

既然早就决定要对你好
谁还计较最后有没有回报
天天对你的思念有多少
年年飞过的花瓣最知道

没有你在身边哪怕只一秒
对我来说都像是一种煎熬
你的倔强你温柔的撒娇
你的发呆你可爱的微笑
就这样在心头
绕啊绕
绕啊绕
希望你一直都好
喜欢你开心的笑
拉着你的手
一起向前跑

2016 年 5 月 13 日

且行且歌

累了

倦了

该怎么办呢

受了伤自己包裹

别让旁人受折磨

别再问

到底是你对还是我错

我说不过

别再说

你热情如火我却冷漠

是为什么

一次又一次我无处可躲

无可奈何

一年又一年日月快如梭

年华已过

怨言划过

痕迹留着

热情消磨

怎么抉择

且行且歌

且行且歌

2016 年 3 月 17 日

梦成就

云裳遮不住阳光

狂风也吹不散梦想

有些时候

无人在左右

默默泪流

默默承受

走过多少艰难

总有希望还在前头

你是我活着的意义活着的理由

有了你再不求别的一切足够

黑暗包围也绝不低头

风吹雨打也不忧愁

心与心相聚相通相融的时候

梦与梦同道同行梦能成就

梦成就

2016 年 3 月 27 日

这片土地叫华夏

我爱我的同胞
我爱我的国家
无论你远在万里
还是我人在天涯
我是你血脉相连一份子
你是我时时刻刻的牵挂

章服之美惊艳了世界
礼仪之大仁爱传天下
艰难走过五千个春秋任风吹雨打
一片上天眷顾的土地名字叫华夏
回想往事我曾为你的伤痛悄悄落泪
见证光荣我自豪你的崛起日渐强大
让心在一起
让枝叶发芽
让情永相系
让根连着家
让梦想化作硕果
让希望继续开花

2016 年 2 月 27 日于北京海淀

梦的自由

我不曾把你遗忘
我不曾放弃我梦想
有些时候
无人在左右
默默汨流
默默承受
走过多少艰难
总有希望还在前头

你是我活着的理由
有了你一切都足够
风再次吹起的时候
我的翅膀
会更自由

风再次吹起的时候
翅膀会更加的自由
更自由

【注】
　　此词主要表现一个创业者为梦想历经沧桑坎坷,但始终坚持,不断追梦,终于梦想变成现实,达成人生理想,享受理想自由、财务自由,感悟人生的一种情感。

2016年3月7日00:03于北京海淀清河

梦在飞翔

黄河水至今激荡

泰山有痛仍在心上

亲朋离去豺狼来伤

天地戚戚日月无光

忘了铿锵破阵乐

仍沉醉羽衣和霓裳

梦唤起醒来的力量启明星闪亮

爱与真载着梦飞翔号角吹响

勇敢去迎接光荣辉煌

梦在飞翔梦在飞翔

崎岖危险也不低头更加的倔强

黑暗围困也不忧愁路在前方

路在前方

爱恨都不曾遗忘

泪和笑烙印着城墙

播撒真诚耕耘希望

打开心门迎接阳光

正气连接四海

爱为中华披上荣光

同携手就能够傲立雨雪和风霜

爱与真载着梦飞翔号角吹响

前路曲折难行无人走过

梦在飞翔梦在飞翔

仁爱忍耐和睦宽容中华善良

勤劳智慧勇敢光明中华自强

中华自强

路

驼铃声中踏出道路

风帆上送去了祝福

心灵交融

情谊同筑

乌云退去

阳光常驻

爱在轻轻地敲门

冷漠消散如晨雾

这条路由真诚携手同心同筑

没有什么可以隔阻世界祝福

曾经的泥泞和曲折成大道

繁荣和平靠这条路

曾经的泥泞和曲折成大道

繁荣和平靠这条路

这条路

爱无疆

我想
那家乡
不在远方
即使
在世界
只要有你
哪里都是天堂

你不在身边的时候
我的心就开始流浪
像那没有舵的船
随着狂风飘荡
不知将去向何方
你是明亮的光
照在我的身上
你是清澈的水
洗净我的衣裳
你牵着我的手
给我新的力量

说起来继续走吧
前方的路还很长

你要把黑暗照亮
因为爱无疆

说起来继续走吧
前方的路还很长
你要把黑暗照亮
因为爱无疆

我想
那家乡
不在远方
即使
在世界
只要有你
哪里都是天堂

你不在身边的时候
我的心就开始流浪
像那没有舵的船
随着狂风飘荡
不知将去向何方
你是明亮的光
照在我的身上
你是清澈的水
洗净我的衣裳

你牵着我的手
给我新的力量

说起来继续走吧
前方的路还很长
你要把黑暗照亮
因为爱无疆

说起来继续走吧
前方的路还很长
你要把黑暗照亮
因为爱无疆

2016年5月23日20∶48于坤讯大厦楼下（15分钟成）

音乐盒

尘封已久的往事随风飘去
你的倩影却依然深藏心底
比秋水更深更清澈的眼睛
仿佛时时刻刻看透我心底
多么温柔的声音总难以忘记
多么熟悉的身影却无法靠近
残梦里有你不愿醒
故园不忍离只因那曾携手的足迹

上班族的礼拜天

耳朵里面有点吵
身体已经发讯号
想要什么都不想
抱个枕头睡一觉
不想房也不想车
不想跟谁去比较
不管明天会怎样
先叫今天乐陶陶
手机啊你别响了
QQ 啊你也别叫
急躁啊你走远点
烦恼啊你去九霄
现在我要睡大觉
现在我要睡大觉
明天我才往外跑
明天我才往外跑

2016 年 3 月 4 日

花之颜

你的美照亮了黑夜
笑容温暖整个冬天
不能忘记你的眼
我想化成轻轻风儿
仿佛就在不经意间
悄悄走过你身边

把脚步渐渐放慢
让那星儿闪闪
让那云儿翩翩
看你的浅浅一笑
人间的灰色全都不见

有你的黑夜不再叫作黑夜
有你的冬天也不再是冬天
永远永永远远
我会守护你的身边
从现在到永远

有你的黑夜不再叫作黑夜
有你的冬天也不再是冬天
永远永永远远

我会守护你的身边

从现在到永远

从现在到永远

从现在到永远

从现在到永远

2016 年 5 月 22 日

梦相知
——唐肃宗与李泌

那一世　在天际　与你知
戏深浪　游山巅　看云起
梅花笑　竹叶吟　松风语
散发髻　醉醺醺　桃花径

雷乍起　海鼎沸　制书急
理扇巾　携书琴　御街行
千斤事　四两计　尘烟定
弃紫衣　舍金鱼　隐深林

日如梭　星河涌　斗转疾
天机开　服色改　世界新
月如昨　风依旧　柳绕堤
问此生　红尘路　怎相契

2015 年 1 月 22 日

往日情怀

就像在往日静静看着你的眼
所有的温柔竟都已不见
为何对你的深情依然不变
是否我可以不说再见
过去的往事一幕一幕在眼前
你的离去为何那么突然
为何我仍然对你深深思念
是否我可以不再伤感
是否你的笑容已经改变
是否还是一张纯真的脸
是否能再回到我的身边
是否可以不再
不再对你眷恋

是谁在凝视你的照片
是谁在心中把你呼唤
现在终于明白聚散只是
一转眼

唐诗演绎

李世民

赋秋日悬清光赐房玄龄

原诗

秋露凝高掌,朝光上翠微。
参差丽双阙,照耀满重闱。
仙驭随轮转,灵乌带影飞。
临波无定彩,入隙有圆晖。
还当葵藿志,倾叶自相依。

演绎

第一层诗意

秋天,
剔透的露珠儿,凝结在那高高的承露盘中:
清晨,
绚丽的朝霞,渐渐升上翠微宫的朱墙。
参差的光影中,
巍峨的宫阙何等壮丽!
重重殿阁楼榭,
无不充满着光辉!
仙鹤在太阳下翩然游弋,
传说中三足神鸟的影儿在太阳中轻掠轻起。

啊！

你照临水波，水波便荡漾出无限的光彩，

你照入空隙，空隙中便有了圆润的光点。

要始终有葵与藿的心志才好，

枝枝叶叶都与太阳紧紧相依。

第二层诗意

品行高洁有如秋露的房玄龄啊！

风云际会中，你来到了我的身边。

我们君臣同心谋谟，开创了这大好江山。

你的智慧如早晨的阳光，无所不及，成为大唐社稷之臣，

使国家变得繁荣昌盛，

让朝廷变得风清气正。

你的忠心，

有如仙鹤绕着太阳飞舞，

有如三足鸟在太阳中翱翔，就连身影也不落在外边。

临机遇事，你奇谋不断；

政事纷繁，你解决融圆。

你要始终像葵花与豆那样啊！

时时刻刻，都要君臣同心！

初秋夜坐

原诗

斜廊连绮阁,初月照宵帏。
塞冷鸿飞疾,园秋蝉噪迟。
露结林疏叶,寒轻菊吐滋。
愁心逢此节,长叹独含悲。

演绎

段段斜廊接连着华美的楼阁,
刚刚升起的明月,
将夜晚的宫帏照亮。
冰冷的关塞之上,
向南的归鸿,飞得多么快啊!
秋天来了,
就连园里的蝉鸣叫的也没有已往欢快。
露水凝结在林间稀疏的叶子上,
缥缈的寒烟中,
只有菊花轻轻绽放。
一颗忧愁的心,
恰逢这样的情景,
怎能不让人悲伤地长长叹息。

赐萧瑀

原诗

疾风知劲草,板荡识诚臣。
勇夫安识义,智者必怀仁。

演绎

大风经过的时候,
可以知道哪些草坚韧强劲。
局势艰危的日子,
才能意识到谁是忠臣。
争勇好杀的武夫怎么会晓得义字的深邃内涵。
真正有智慧的人,必定常怀一颗仁爱之心。

【注】

疾风知劲草:语出汉光武帝刘秀《后汉书·王霸传》。

板荡:《诗经·大雅》有《板》《荡》二篇,描述社会动荡、时局混乱。

咏烛二首 其一

原诗

焰听风来动,花开不待春。
镇下千行泪,非是为思人。

演绎

第一层诗意

烛焰任凭风儿把自己摇动,
花儿绽放又何必等待春来。
千行的泪滴经常默默流淌,
流淌并非是为了思念某人。

第二层诗意

德行光照世间的贤臣啊,
任凭肖小们的邪言谄语去说吧,
何必在意。
你们累累的功勋如同长开不败的花朵盛放,
不像普通的花儿只在春天才会出现。
你们的苦处不愿对人言说,
有千行的泪滴也只能在心中流淌。
这种情感又岂是寻常儿女相思之情可与之相比?

【注】

镇:时常、常常的意思。

李百药

雨后

原诗

晚来风景丽,晴初物色华。
薄云向空尽,轻虹逐望斜。
后窗临岸竹,前阶枕浦沙。
寂寥无与晤,樽酒对风花。

演绎

第一层诗意

雨后傍晚时分,
风景多么清丽。
天色渐渐放晴,
眼前万物都显得生机勃发。
淡薄的云彩,
愈向天边,
愈将消散。
随目望去,
隐隐一道彩虹,
在空中斜挂。
后窗挨着岸边修竹,
前阶枕着江边细沙。

寂寥之中有谁可与倾诉?
来来来,
风中曼舞的花儿,
请陪我把樽中美酒喝下。

第二层诗意

在人生晚景之中,
幸又遇到美好景况。
隋末烽烟过后,
大唐开创的一切都是那样美好。
生命,
如空中浮云,
越向天边越消散,
如彩虹当空斜挂,
渐轻渐淡。
值得庆幸的是,
窗后修竹与阶前洁白浦沙可作一生之写照。
寂寞中,这些有谁能懂?
斟满一樽酒,
笑对风中花。

王 绩

春桂问答二首 其一

原诗

问春桂：桃李正芬华，年光随处满，何事独无花？
春桂答：春华讵能久，风霜摇落时，独秀君知不？

演绎

问声春桂：
桃树李树正在争奇斗艳竞相开放，
到处都是大好春光，
为什么唯独不见你开花？
春桂回答：
春天的花再美艳，能有多长久？
风霜来到时，还不是纷纷零落？
到那时，
有谁能如我一枝独秀？
难道你不明白？

山夜调琴

原诗

促轸乘明月,抽弦对白云。
从来山水韵,不使俗人闻。

演绎

月明,
云白。
独坐,
弹琴。

【注】

促轸,拧调琴弦。此指弹奏。抽弦,拨弦。

元 稹

菊花

原诗

秋丛绕舍似陶家,遍绕篱边日渐斜。
不是花中偏爱菊,此花开尽更无花。

演绎

秋天,
丛丛菊花,
环绕我屋舍,
这景致,
好似当年陶渊明采菊的东篱。
天边太阳缓缓落下,
她在篱边无声绽放。
其实,
不是我特别偏爱菊花,
只是当菊花开尽之后,
便再没有别的花可赏。
此时,
此地,
菊花,
最美。

幽栖

原诗

野人自爱幽栖所,近对长松远是山。
尽心望云心不系,有时看月夜方闲。
壶中天地乾坤外,梦里身名旦暮间。
辽海若思千岁鹤,且留城市会飞还。

演绎

没有官职的庶人喜爱清静的居所。
近处可与高高的青松相对,
远处是绵绵的青山。
无拘无束的极尽心思,
仰望浮云幻化,
在闲逸的夜里与明月相看。
醉把玉壶,
我心游天地之外,
如梦一般的功名利禄,
不过是朝夕之间转眼成空的事。
辽东百姓若是思念那化鹤而去的丁令威,
就在他下次飞回故乡时把他留住吧。

刘禹锡

咏史二首　其一

原诗

骠骑非无势，　少卿终不去。
世道剧颓波，　我心如砥柱。

演绎

骠骑将军霍去病并非没有势力！
但任少卿（任安）为什么这么有义气，
始终不肯像那些趋炎附势的同僚们，
纷纷离开曾经提携过自己的大将军卫青，
而去转投恩宠日盛的骠骑将军？
现今世道的风气啊！
比往低处流的水下得还要快。
但是我的心却像逆水湍流中的巨石，
一任风浪冲击拍打不会改变！

张九龄

感遇 其一

原诗

兰叶春葳蕤,桂华秋皎洁。
欣欣此生意,自尔为佳节。
谁知林栖者,闻风坐相悦。
草木有本心,何求美人折?

演绎

春天的兰叶茂密繁盛,
秋天的桂花洁白馥郁。
一片欣欣向荣生机蓬勃之意,
佳节也是自你们为始。
不料,
林中还有美人,
坐在清香风中而相悦。
岂知,
此处草木皆清心,
何曾想要美人把自己带在身边?

虞世南

蝉

原诗

垂緌饮清露,
流响出疏桐。
居高声自远,
非是藉秋风。

演绎

垂下触须以清洁的露水充饥解渴,
高昂的鸣响从疏阔的桐叶中穿出。
身居高处发出声音自会远传四方,
高洁的声名岂是凭那阵阵的秋风。

【注】

緌(ruí):古人戴的冠缨结在领下的帽带下垂部分。

怨歌行

原诗

紫殿秋风冷，雕甍落日沉。
裁纨凄断曲，织素别离心。
掖庭羞改画，长门不惜金。
宠移恩稍薄，情疏恨转深。
香销翠羽帐，弦断凤凰琴。
镜前红粉歇，阶上绿苔侵。
谁言掩歌扇，翻作白头吟。

演绎

秋风，将紫殿吹拂的冷冷清清，
落日，从雕梁画栋间无情西沉。
情已断，何必再裁合欢扇。
心不在，织素手熟亦枉然。
倾国容貌，羞与贿买画工的俗女为伍，
恚怨悲思，何惜黄金百斤买赋以解愁？
宠爱短暂，恩情渐渐淡薄。
感情生疏，怨恨逐日深刻。
翠羽宝帐中，香气慢慢尽消散。
妙手傍名琴，知音不在哪堪弹！
铜镜前，无人看，梳妆懒。
石阶上，少人行，苔将满。

谁说弃绝合欢扇,

反倒以白头吟来自绝?

【注】

紫殿:汉代宫殿名,在甘泉宫。

雕甍:绘有彩色图案的栋梁、屋脊。

裁纨:语出汉班婕妤《怨诗》:"新裂齐纨素,皎洁如霜雪。裁作合欢扇,团团似明月。出入君怀袖,摇动微风发。常恐秋节至,凉飙夺炎热。弃捐箧笥中,恩情中道绝。"此诗以此喻妇女被抛弃。

织素:《玉台新咏·古诗八首》其一。

杜 甫

贫交行

原诗

翻手作云覆手雨,纷纷轻薄何须数。

君不见管鲍贫时交,此道今人弃如土。

演绎

用手捧你时,你觉得如云气上腾而飘然。

反手压你时,你觉得坠落之速比空中雨点急。

难道你没有看到,

管仲和鲍叔牙的那种真挚友谊,

现如今已被人们如尘土般轻弃?

世间多纷扰,此事何需数。

王之涣

宴词

原诗

长堤春水绿悠悠,畎入漳河一道流。
莫听声声催去棹,桃溪浅处不胜舟。

演绎

长堤内,
碧玉般的春水,
依依不舍的流淌。
从田渠汇入漳河,
携手奔往大海的方向。
切莫听那舟楫拨水声声,
拨动一声,便与知交更远一程。
切莫听那舟楫拨水声声,
堤水与漳河能一路同行至海,
我与诸君却不知何日再相见。
切莫听那舟楫拨水声声,
恐怕行到那桃溪轻浅之处,
再也载不动这满船的离愁。

贺知章

题袁氏别业

原诗

主人不相识,偶坐为林泉。
莫谩愁沽酒,囊中自有钱。

演绎

此处主人不知我是谁。
偶然坐在一起成为林泉之交。
谈的兴起我们要共谋一醉。
哈哈哈!
你这个人啊,
不要诓我说正愁着没有钱去买好酒喝。
我这里有的是钱,不需你来破费。

【注】

贺知章(659—744),字季真,越州永兴(今浙江萧山)人。在唐曾任礼部侍郎,太子宾客,秘书监。自号四明狂客、秘书外监,世称贺监。为人不拘礼法,旷达不羁,晚年尤放诞。

诗人与这位东道主萍水相逢,相谈甚欢,欲饮酒助兴,可这位东道主或许是生性吝啬或许是囊中羞涩,从而推说自己因为没有钱买酒而发愁。此诗虽然只有短短四句,但是读完之后诗人那率真可爱,疏阔豪放的形象立时跃然纸上。

上官仪

入朝洛堤步月

原诗

脉脉广川流,驱马历长洲。
鹊飞山月曙,蝉噪野风秋。

演绎一

宽阔的洛水从容流淌似是含情。
乘马游历长堤美景紫袂飘风中。
林中住宿的喜鹊清晨振翅高翔,
虽近日出但山巅之月仍然明亮。
自认高洁的蝉在树上不停聒噪,
只因从田野里吹来了阵阵秋风。

演绎二

皇恩是多么情义深重,
如同这浩浩荡荡的洛水无际无穷。
长长洛堤紧临巍峨宫城,
垂杨绿柳放眼望去望也望不够。
林中宿鸟飞起,山月皎洁依然。
朝中群僚毕集,只为兴国大计。

民间清流如树上的鸣蝉,

他们越来越不协调的声音令人烦躁,

难道是知道秋风已经吹起?

【注】

　　这首诗是上官仪在唐高宗龙朔年间(661—663)任宰相时期最得意倨傲之时的精心之作,可谓志得意满。只是于诗中月曙、风秋之语似是预示着好景不长之感。麟德元年(664),上官仪因武则天擅权而建议唐高宗废后,被许敬宗诬以谋反,以"离间二圣、无人臣礼"获罪被诛,家产和人口被抄没,其一子上官庭芝也同时被诛杀。中宗即位后,因上官庭芝女上官婉儿为昭容,对上官仪父子有所追赠,绣像凌烟阁,追封楚国公。读此诗可知"谦受益,满招损"之深意。

韩 翃

寒食

原诗

春城无处不飞花,寒食东风御柳斜。
日暮汉官传蜡烛,轻烟散入五侯家。

演绎

春天的都城,无处不飘飞柳絮杨花。

时值寒食节,御街旁的柳枝随东风斜舞。

夜幕已低垂,宫中传出御赐的蜡烛。

巨烛消黑暗,淡淡轻烟弥漫国朝重臣家。

白居易

问刘十九

原诗

绿蚁新醅酒,红泥小火炉。
晚来天欲雪,能饮一杯无?

演绎

新酒上的浮渣如绿蚁,清香如饴。
红泥陶制的火炉很小,阵阵热气。
将晚的天气似欲飘雪,寒风来袭。
能否与我同饮一杯酒,趁此良机?

【注】

刘十九:名轲,排行十九,作者朋友,时居庐山。

绿蚁:唐时无烧酒,只有米酒,新酿的酒表面上浮一层绿色酒渣,似绿色的蚂蚁。

醅:酿制。

上官婉儿

游长宁公主流杯池二十五首 其十一

原诗

暂尔游山第,淹留惜未归。
霞窗明月满,涧户白云飞。
书引藤为架,人将薜作衣。
此真攀玩所,临睨赏光辉。

演绎

忙里偷闲,暂时游赏这山中幽静宅第,
珍惜这里的美景,长久流连,
所以到现在仍没有归去。
一轮满月,在如窗的晚霞中多么妩媚,
洁白的云朵,在门扉似的山涧中翩飞。
牵引青青藤蔓,可以做我的书架,
披上旖旎薜荔,可以做我的彩衣。
啊!
这里真是攀登玩赏的绝佳所在,
满眼的光辉灿烂令人目不暇接!

游长宁公主流杯池二十五首 其十二

原诗

放旷出烟云，萧条自不群。
漱流清意府，隐几避嚣氛。
石画妆台色，风梭织水文。
山室何为贵？唯余兰桂薰。

演绎

比烟云更放任不羁，
逍遥自在卓然不群。
在清凉的府第以明澈的流水漱口，
寄身于天然树几中避开喧嚣尘世。
石上大自然的图案将石台妆点的奇妙斑斓，
微风如梭在水面编织出片片锦文。
有如巨室的山中什么最珍贵？
唯有我兰、桂的香气。

【注】

漱流：以流水漱口。形容隐居生活。

清意：清凉之意。宋·曾巩《山水屏》诗："馀光耀衾帻，清意凝幔褥。"明·李日华《六研斋二笔》卷一："因自署'奉敕村梅'，更作疏枝冷叶，清意逼人。"

隐几：《孟子·公子子丑下》："隐几而卧"。明《遵生八笺·起居安乐笺》载:"以怪树天生屈曲。若环带之半者,为之。有横生三丫作足为奇,否则装足作几,置之榻上,倚手顿颡可卧。《书》云'隐几而卧'者,此也。"《庄子·齐物论》:"南郭子綦隐几而坐,仰天而嘘。"成玄英疏:"隐,凭也。子綦凭几坐忘,凝神遐想。"宋代陆游《秋日焚香读书戏作》诗:"世事无端自纠纷,放翁隐几对炉熏。"清代洪升《长生殿·雨梦》:"漏鼓三交,且自隐几而卧。"

宋 璟

送苏尚书赴益州

原诗

我望风烟接,君行霰雪飞。
园亭若有送,杨柳最依依。

演绎

放眼相望,
唯有风烟与我的目光相接。
行路远去,
与你相伴是空中飘飞霰雪。
离别的园亭难舍你身影,
牵绊你衣袖的杨柳,对你最是眷恋。

张 旭

山行留客

原诗

山光物态弄春晖,莫为轻阴便拟归。
纵使晴明无雨色,入云深处亦沾衣。

演绎

山中的景色映衬着春天的光辉,
不要因为少时的乌云聚集就急着返回。
即便是晴空明朗根本不会下雨的时候,
上到山高云深的所在衣裳也必沾满了露水。

【注】

山行:一作"山中"。

春晖:春光。

便拟归:就打算回去。

纵使:纵然,即使。

云:指雾气、烟霭。

莫:不要。

轻阴:阴云。

李 益

写情

原诗

水纹珍簟思悠悠,千里佳期一夕休。
从此无心爱良夜,任他明月下西楼。

演绎

只有这珍贵的水纹竹席能使此时我对你思潮翻涌的热情稍稍冷却。
而你,只用捎来的轻轻一句,便把这千里之约置于不顾。
从今往后,我再也无心盼望美好的良宵。
任凭那多情的无情的明月从西楼落下。

彩书怨

原诗

叶下洞庭初,思君万里余。
露浓香被冷,月落锦屏虚。
欲奏江南曲,贪封蓟北书。
书中无别意,惟怅久离居。

演绎

树叶刚刚飘落在洞庭湖面的时候,
我的思念已追随你的身影到了万里之外。
秋已深,露已浓,绮幄香,锦被冷。
整夜陪伴自己的只有月亮,
此时她也落下,锦屏中更加寂寞了。
还是弹一首江南曲调吧!
哦不,还是先把寄往蓟北的书信封好。
内容没有别的,
只是为这许久的分别而感到怅然。

杨巨源

襄阳乐

原诗

闲随少年去,试上大堤游。
画角栖乌起,清弦过客愁。
碑沈楚山石,珠彻汉江秋。
处处风情好,卢家更上楼。

演绎

闲来跟随少年漫步,
试着到大堤上游览。
画角响处使正在栖息的乌鹊惊起,
琴弦清音令过往的文人骚客忧愁。
楚山石上记载着不灭的丰功伟绩。
数不清的明珠更能照彻汉江秋色。
虽说处处的风情都是这么美好,
但更好的风景还需再上一层楼。

衔鱼翠鸟

原诗

有意莲叶间，
瞥然下高树。
擘破得全鱼，
一点翠光去。

演绎

莲叶之间的动静已尽在掌握，
转瞬之际从高高的树上飞下。
俯冲划破水面衔得整条大鱼，
抬眼只见绿色一点凌风而去。

沈佺期

早发平昌岛

原诗

解缆春风后,鸣榔晓涨前。
阳乌出海树,云雁下江烟。
积气冲长岛,浮光溢大川。
不能怀魏阙,心赏独泠然。

演绎

春风吹起,解开缆绳准备扬帆远航。
榔声响时,正在大江早晨潮涨之前。
蒸蒸红日,从海上的扶桑树中升腾。
云中雁行,随着苍茫江烟向北翩翔。
自然造化,历经千万年冲积成岛屿。
光辉浮现,奇绝变幻在江面上流淌。
身处江湖,不能为朝廷之事而思虑。
风景清丽,仍难挡寂寞清冷的感伤。

2015 年 6 月 3 日

钓竿篇

原诗

朝日敛红烟,垂钓向绿川。
人疑天上坐,鱼似镜中悬。
避楫时惊透,猜钩每误牵。
湍危不理辖,潭静欲留船。
钓玉君徒尚,征金我未贤。
为看芳饵下,贪得会无筌。

演绎

朝阳初升,光芒渐盛,缓缓敛起红色烟霞。
手把钓竿,面向绿水,丝纶香饵金钩直下。
是人坐在天上?是鱼悬在镜中?
闻香而动的鱼儿被轻拨的船桨惊透,
灵敏的试探钓钩使得钓者频频误牵。
河水虽湍急,钓兴更盛发,谁肯整归装。
清清寒潭水,平静多鱼虾,留住欲归帆。
效法姜太公直钩钓贤君,你这样做实是徒然。
在燕王的揽士黄金台前,我亦称不上是贤人。
索性专注于香饵下面的鱼儿,
早晚将这贪心小物装满鱼篓。

2015 年 6 月 3 日

沈如筠

闺怨

原诗

雁尽书难寄,愁多梦不成。
愿随孤月影,流照伏波营。

演绎

深秋,
鸿雁南飞已尽,
满笺相思还凭谁寄?
想在梦中相会,
又被满腹愁绪搅扰的美梦难成。
星已稀,
天待明,
此刻只愿追随天边孤月的身影,
发出些许光辉,
照射着你所在的即将得胜的南方军营。

杜 牧

送人

原诗

鸳鸯帐里（一作绣被）暖芙蓉，
低泣关山几万重。
明镜半边钗一股，
此生何处不相逢。

演绎

芙蓉般暖暖，轻卧鸳鸯罗帐。
为什么欲言又上，低声垂泪？
是为这场即将天各一方的离别。
别说离别……
带上这青铜镜的半边，双钿钗的一股。
今生我们还会再相逢吗？
就让这镜这钗长伴你吧。
紧紧相随你我，
就像我们无时无刻不在一起。

2014 年 11 月 20 日

文

解决问题之道
——挠痒处与转璇玑

人在后背痒痒时最需要的是什么？是有人帮自己挠一挠或是借助一个工具去抓一抓，挠过抓过之后便全身通泰，人自然会感谢帮助自己的人。璇玑又称浑天仪，是古代的一种天文仪器，通过它能够知道宇宙星体运转的规律，转动它犹如转动一把打开智慧大门的钥匙，也象征着事物的核心和关键。

人在最需要帮助的时候最希望的是什么？是有人能够给自己帮助或是有人给出主意解决问题，问题解决了，人们通常会报答帮助过自己的人。但如果帮着挠的人没有找到痒处，帮助者帮的不是地方，就是白费工夫了。我们平时在与人交往以及解决问题时如果能切记这一点，就不仅不会白付出努力，还会收到事半功倍或四两拨千斤的效果。

举三个例子来说明上述道理：

一个人想缓和与自己岳母的关系，平时给岳母买吃的买用的，想叫岳母高兴，可是怎么努力都是白费工夫。然而，这个人有一次与妻子闲谈得知岳母为人非常孝顺，对妻子的外公外婆特别关心。于是，这个人就经常打电话问候妻子的外公外婆，逢年过节就给二位老人买他们爱吃的驴肉、练字用的湖笔。此举果然奏效，二位老人开心，这人的岳母自然也很高兴。由此，长辈与晚辈的关系得到大大改善。"给二位老人买他们喜欢的东西。"这，就是这个人缓和与岳母关系这个事情的璇玑。

　　有一个老牌的超大型国企，由于长期的历史原因，当前面临着被大大小小的竞争对手挤压市场空间、产品滞销、技术落后、管理层内斗激烈、内部管理无序、资金紧张、职工收入偏低、基层管理人员纷纷跳槽到竞争对手公司等一系列棘手的难题。面对这种形势，为使企业重振雄风、长久强盛，这家国企高层达成共识，对待当前问题不仅要治标还要治本，决定摒弃门派、利益、出身、年龄等因素，出重金、重奖面向全社会发出求贤启事，以职业道德、以往业绩、工作计划为原则，开放高级岗位和其他各个层次的岗位，不拘一格地选用人才，随才授职。同时，出台一系列措施留住人才、激励人才。只看结果不问过程地放手使用人才。得到消息后，有的人跃跃欲试，有的人不愿相信，有的人观望、等待。为取信于公众，国企高管层对新上任带领团队完成销售目标的销售经理按合同书上的重奖约定予以奖励，并没有像以往一样大张旗鼓地通过媒体对外宣传，以避故意炒作之嫌。圈内人还是得知了这个确实的消息，更多有实力有实绩的人才前来投奔。国企高管层对人才进行了甄别，将其安排在恰当的岗位上，务使其才当其职、其责当其权当其利。一批批来自社会各界、来自竞争对手、来自企业内部的各层次人员前来应聘。对于经营和技术方面的大师级人物，国企高层放低身段登门造访，力邀其出山。国企高层的至诚之心和改革的决心感动了大家，凝聚了人心，人人思效为用。改革的大幕拉开了，国企高层顶住来自各方的压力，确保人才管理、内部管理、技术研发、市场营销策略等各项整改工作稳步进行。第一年减亏、第二年实现营利、第三年营收翻番……企业效益好了，职工生活水平提高了，人心凝聚了，以前跳到竞争对手公司的人才生活虽然富足，但受不了二等公民的委屈，看到自己曾经奋斗多年，如同自己家一样的企业大门仍然向自己敞开，好多又回来了。国企海纳百川的胸怀吸引着世界各地的人才前来投效,这家老牌超大型国企从此踏上了一条新的辉煌之路。人是一切事物的关键性因素。这家国企没有单纯靠搞研发、涨工资、拓市场、找资金、抓管理这种头痛医头脚痛医脚舍本逐末式的方法解决问题,而是转动了实施人才策略这个璇玑,从根本上着手,标本兼治地将企业带出了困境,扭转了局面。

"挽弓当挽强,用箭当用长。射人先射马,擒贼先擒王。杀人亦有限,立国自有疆。苟能制侵陵,岂在多杀伤。"这首杜甫的《前出塞》很多人都读过。讲的就是面对问题找关键的挠痒痒的道理。中华民族历史上汉、明两个强盛朝代的领导人刘邦和朱元璋是将这个道理理解非常深刻的人,他们具有一定共性。与群雄逐鹿时,他们重视无形的人心,尤其是天下百姓的心,为民诛暴秦暴元,为民除苛法重赋,各城百姓引颈期盼。项羽、怀王、黄巢、张士诚、陈友谅之属重视攻城杀伐,以征服人民、占有土地为目的,烧杀淫掠。得城不得心,守之难,所以霸王等败;得心复得城,城风从,所以刘朱胜。民心所向就是他们得胜的关键。

但愿这篇小文能给诸位贤人君子解决生活中和工作中的问题带来一些启发。

解　题

遇到问题找痒处,解决疑难转璇玑。
莫怪多劳无寸勋,先思何处是根基。

诗以咏之。

2013 年 9 月 1 日

选才论

　　天地之间人为贵。然而，如同世间万物各有各的形状、特性和效用一样，人的外貌、性格和智力以及生活环境也不尽相同。高大的松柏可以做栋梁，低矮的棉麻可以做衣服，珍贵的美玉可以做宝器，平凡的石头可以造房屋……只要人们善加利用，普天之下便没有可弃之物。

　　当我们在感叹当今没有贤才的时候，只是我们尚未开启自己那双善于发现的眼睛。古代的贤人君子，有的是出自名门望族，有的是来自社会底层，有的年老，有的年幼，有的美，有的丑，有的还是外国人。他们的成材之路，一方面是通过深邃的思考，刻苦的学习，不断的努力；另一方面更是因为古代明君有容才、爱才之心，识才、用才之能，从而使他们一步步成了为国家为百姓带来福祉的人，成为被国家被百姓特别需要的人。他们中有出身帝胄豪族，如匡扶国家的张良、萧瑀、裴寂、赵普、王导；有出身于社会底层，辅助明主，为国除暴安良、革旧鼎新之人，如厨师出身的伊尹、羊群中的百里奚、贩卖草鞋的王猛、独孤信的家客高颎；有已年届古稀仍不堕青云之气的太公望姜尚、不服老的廉颇、老当益壮的马援；有未及弱冠即为国家出力的晏殊、谢玄；有散发髻斜插簪美风仪的王俭；有高不满六尺却才冠群伦的晏婴、身为法家奠基人之一却口吃的韩非；有来自异域的为国开疆拓土的斛律明月等人。正是因为有着远见卓识的领导者不拘一格，唯才是举，用人得当，才使得国家强盛人民康乐，书写了中华民族一篇又一篇的辉煌历史。

"观今宜鉴古,无古不成今。"放眼当下,我国正处于世界大体和平的历史机遇时期,全国乃至全世界的各个领域,到处都闪现着人才的身影,能否出现众士归心、为我所用的良好局面,需要阁下常存寻才、容才、爱才、用才之心,常开善于发现之眼。不拒细流以成江海,长积跬步以致千里。存大格局,成大事业。常存舟水观念,效法秦之李冰父子因势利导,平水患,成天府,为民造福长远。

秦李冰父子治水的联想

智者如流水,忠者似高山。
谁效贤父子,福泽千代传。

诗以志之!

2013 年 9 月 10 日

得人诀

得人之先,不得不审其人。人有忠奸、善恶、德乖、义逆,必择其忠善德义者而得之,其奸恶乖逆者去之,君子不可不察也。

欲得其人,必先得其心;欲得其心,必先解其困。从古至今,验之,信矣!其困解,则其感戴之念不绝于心,常思报效,是谓得心;心已属,身亦从之,以助君子之事。

2014 年 1 月 16 日
于院十二层

桃花·美人·才子

——独孤及《和赠远》诗与崔护《题都城南庄》诗之比较

今天偶然读到初唐时期独孤及的一首《和赠远》，读过之后忽然有种似曾相识之感。诗云："忆得去年春风至，中庭桃李映锁窗。美人挟瑟对芳树，玉颜亭亭与花双。今年新花如旧时，去年美人不在兹。借问离居恨深浅，只应独有庭花知。"想来是与崔护《题都城南庄》的"去年今日此门中，人面桃花相映红。人面不知何处去，桃花依旧笑春风。"诗意相同。

独孤及生于公元725年，官至常州刺史，比崔护早出生几十年。他反对骈文，提倡古文，是古文运动的先驱。工于诗，有《毗陵集》传世。我不敢说崔护的这首诗绝对是借鉴了独孤及的《和赠远》，只能说从造境、炼字、用词上有太大的相似之处。细细品来，《和赠远》以"忆春风"起笔，以"庭花知"收尾，以锁窗、芳树与瑟衬托富足美好的生活背景，用人喻花，以花拟人，通过对今年之花的感慨，寄托对去年之人的那种连自己也说不清的或深或浅、愁伤浓淡的思念之情以及憾恨之感。描写手法细而不腻，意境清幽，给人留有不尽揣摩的余味。

崔护为公元796年的进士，官至岭南节度使。他的《题都城南庄》与前辈独孤及的《和赠远》虽诗意颇同，但赏玩之后，别有一番返璞归真之象，落笔洗练，叙事浅直而回味悠长。"人面桃花相映红"的一个"红"字便把门中人的天生丽质与邂逅才子的娇羞表现得淋漓尽致。最后一句"桃花依旧笑春风"更是神来之句。诗人第一次来此庄未能与门中美人相结识，待到次年相访已然只剩人去花存的一番怅然景象，而桃花含笑风中,似乎是才子佳人仍然能够再度相逢的一个美好隐喻。全诗文字精练,语意浅白,妇孺可知,便于记忆,朗朗上口,字句优美,便于流传。或许,比《和赠远》后成诗几十年,诗意更简单的《题都城南庄》能够流传遍及东南西北,时间纵贯一千多年,正是基于以上这些原因以及诗中美好的寓意和积极乐观的心态吧。

2013 年 9 月 19 日于燕郊纳丹堡

备字于人,何其紧要

"宜未雨而绸缪,毋临渴而掘井。"语出《贤文增广》。纵观古今,成大事者莫不赢在一个备字。所谓备,是准备、有备的意思,正所谓有备无患,备而无虞。

汉光武帝刘秀在绿林军中之时,为顾全大局,在兄长刘縯被更始帝刘玄、李秩一党设计暗害之后,强抑心中悲愤,在众人广坐之处谈笑如常,仍前往更始帝处闭口不谈昆阳破敌之功,惟深自谢罪,部分将士幕僚要上前安慰也被他拒绝,没有私窃之语。由此可见,刘秀在返回之前,必定经过一番深思熟虑,对将要面对的各个环节进行了详细的预想和准备。试想,如果他不顾当时的不利条件,逞一时之小勇,报一己之私仇,也必落入李秩等人计中,将之斩草除根,必无后来强大的东汉帝国和二百余年盛世。

由此可见,备字于人,何其紧要。

2014 年 1 月 26 日

千古贤相高颎的一次失言

有一次，我和朋友谈论起沟通的重要性这个话题，我说沟通是一件非常重要的事，而他却不以为然，认为沟通就是说说话、聊聊天这么简单的事，何必太在意。也许有许多人与他的这种想法一样，殊不知，古往今来，大至国家是安是危，小到家庭是否和睦，朋友之间关系亲疏都与沟通有着密不可分的关系。

记得隋书上记录着这样一件关于沟通的"小事"，在本就不长的隋史上占有了不短的篇幅。隋朝开国宰相高颎是隋文帝杨坚非常信任的心腹和各项军国大事的高参，在治国、举贤、用兵等方面对国家和百姓有着巨大的贡献，初唐虽有贞观之治，但兵马之盛，百姓之富，仍不及隋之十分之一。作为隋文帝的股肱之臣，史书给予高颎很高的评价。在他的辅佐下，惠政频出，使隋朝从战乱涂炭之余积贫积弊的形势下快速摆脱出来，人民富裕，国家强盛。他还向隋文帝推荐了杨素、苏威、裴蕴、裴矩等人才，后来大都成为国家的重臣，为国家建立功勋。然而，就是这样这一位杰出的政治家、一位智者却因为一件事、一句话而从大隋政坛的华丽舞台顶峰黯然谢幕。事情起因于文献皇后独孤伽罗无理诛杀了一个受隋文帝宠幸的宫女，隋文帝气极出走而引起的家庭纠纷。高颎和杨素得知皇帝纵马深入山林，打算弃国而去之后，他们二人马上前去寻找。寻到之后高颎或许是因为事急，开口之前未加深虑，上前劝道："陛下岂以一妇人而轻天下。"独孤后一直因为高颎曾为其父家客而对其格外敬重，在杨坚称帝之前就把他推荐给杨坚，格外倚重于他。从杨素口中独孤后听说高颎称她为"一妇人"便怀恨在心，开始不断向隋文帝诋毁他，而隋文帝也从此渐渐疏远他。随后，又因反对立杨广（隋炀帝）为太子与帝后二人发生分歧而遭罢相。隋政之衰也是自此开始。

分析此事，高颎原为一片好意，欲息帝王之怒，和天子之家。或许是因事情紧急未顾及礼法而口无择言才说出这一句不合适的话。高颎乃坦荡君子之属，内心断不会有顺势取媚贬低皇后之意，而且认为促使皇帝回宫二人和好即可。事起仓促，其间说的话纵然有些不合适，料帝后二人也不会怪罪，所以没有对此引起重视，未与皇后沟通进行解释。

世间人品万种，才有高下，德有薄厚，岂能尽是君子。

杨素雄强残忍，治军攻取是其长，谄佞曲媚，综理国务是其短。

高颎知人其一不知人其二，知己之阙，不知救己之阙。沟通与识人之重贤人君子可不戒哉！

【注】

颎：同颖（jiǎng）。

事十而功一与事一而功十

上周四，我接到一条邮政储蓄银行的还贷提醒短信。提醒我三天后该及时还款 1100 元。我当时身边正好带着可以通过手机上网转账还贷的拉卡拉（一种如火柴盒大小的便携式刷卡器）。本来想着要当天上午就还的，结果上班一忙别的事情，就把这事给忘了。

昨天，也就是周六早晨，我又收到了短信提醒。如果此时用拉卡拉还款，要下周一才能还上。因为拉卡拉转账要在下一个工作日才能到账，那样的话，还贷就逾期了，要被银行记录在银行系统的信用档案里。我的还贷日期是周日之前，想到这一点，我马上穿上衣服带上银行卡，到小区门口的自助银行转账。不巧的是自助机器出现故障无法使用。我心里想，这下可要费事了，附近没有这家银行的营业厅，只有十公里以外的地方才有一家。

我赶紧回到家，给电瓶车充上电，准备明一早就去，省着去晚了人多排长队。第二天早上推了电瓶车出门，骑了一段路，发现车子的电没充满，充满是六个格，现在只有三个格的电，而路还远着呢。于是我边骑边蹬，希望能充点电进去，让车子尽量能跑远点。到了网点的时候，我感觉电瓶车骑着不像刚出来那时有劲了。

办还款还算顺利，前面只有 5 个人，没多一会儿就办妥了。我准备骑电瓶车往回走了。到了门口，看见另一辆黄色电瓶车紧挨着停在我车子的左边，一点空都没留下。我心里想，这是谁停的车？技术挺高啊！难道他以为我是左撇子？搞得我都没地儿下脚。打开了锁，我从右边费力地把车推了出来。往回骑的时候，路上的车越来越多，走走停停，停停走走，堵了好一阵子。我心想，中国真是有钱人越来越多啦，骑电瓶车都得堵半道儿上。眼看着电量越来越少，风越吹越大，越来越冷，帽子差点被吹飞。车子终于没电了，在路上一顿一顿的，就像小毛驴被重物压得走不动道。我心里有些不忍，想这电瓶车真不容易，没电了还得驮着我逆风前行，前面还有好长一段路，能坚持到哪算哪吧。出来的时候就顶风，现在往回走又是顶风，而且风更大了。我实在蹬不动了，车子也彻底没电了，我心疼这匹为我家服务多年的"老驴"。干脆下来推着走。

边走我边想，我今天出来真是遭罪。折腾大半天的时间，费这么大的力气，就是为了去银行还这千把块钱。这类小事原本是只需动几下手指就可以办到的事，而我却花了两天工夫，二十公里的路程，一宿的电费，大半天的周末休息时间，还有许多的体力。早知道这样，我何必不在周四那天抽出最多五分钟时间，用银行卡在拉卡拉上划那么一下，还哪会有这许多的麻烦。人说做事要事半功倍，我今天呢，岂不是事十而功一了吗？

在大风中推着车，我又思索这许多年来，我有多少的事不是像今天这样，付出的代价很大，收到的成果很小？怎么才能事半而功倍或事一而功十呢？拿今天这件事来说，如果我用了拉卡拉就是事一而功十了，如果我周五在北京的邮政网点还款，相比今日之事，也可算为事半而功倍了。

那么今后，通过这件事，我在办理其他的事情时，应该怎么办？我认为关键的有三点：

第一是抓方法。就是解决问题的办法，譬如，有条件的话，我在银行卡中存上一笔钱，使其到了日期自动还款。

第二是抓时机。就是抓住解决问题的时机，果断办理。就如周四利用拉卡拉或支付宝、网银转账还款。

第三是抓早办。事物的发展总是越早开始着手处理越简单好办；越拖延越晚办越复杂棘手。如果在北京找到一家路上经过的网点办理，也可省去许多不便。

以上是我想到的今后办理事情需要采取的上、中、下三策。好好将之运用起来，一定会达到事半而功倍乃至事一而功十之效果。想到这三点时，我推着电瓶车也已到家。站在门口，我想了想悟到的这番道理，这趟辛苦也算没白挨。自己不禁会心一笑。

2013 年 11 月 10 日于河北燕郊

说话的技巧

"言为心声""三思而后言"……

从古至今，上至帝王将相，下至平民百姓，人们无不重视语言的运用。有一次，我和朋友聊天，谈到当今社会什么样的人最受欢迎。他脱口说道："好男一张嘴，还是会说话的人最受欢迎。"我感到有些奇怪，从前听到人们说过"好男一身毛，好女一身膘。"这句话，但好男一张嘴这句话还是头一次听说。仔细想想这句话，说对了一半。因为人们要想得到他人的认可，最重要的是看你做了哪些于他人有益的事情，否则光说不练，时间长了最终还是得不到别人的好感。

另一方面，这句话也确实说明了语言表达对于人们工作和生活的重要影响。说的好，做不好；或者做的好，说不好；都不如既能做好又能说好。所以，事办的漂亮，话说的合适，这才是最理想的效果。下面，我谈谈想到的几个关于说话的技巧。

心态。积极正面的心态是做事成功的基础，也是说话取得良好效果的基本条件。真诚的态度，能够消除隔阂、拉近距离。

目的。人们说话总会有个目的或原因。聪明的人说话凭理而说，对事而言，所以言之有物，能够以理服人。没有智慧的人说话喜欢随心所欲，口无遮拦，只是为了发泄心中情绪，全然不顾他人感受，常常引起不必要的争论和矛盾。所以，对他人和对自己没有益处的话，说了反而不如不说。这一点也是应当注意的。

趣味。人们炒菜如果不放佐料，吃起来就会没滋没味。我们说话也是这个道理，如果说话的内容空洞无物，平淡无奇，给人的感觉就是味同嚼蜡，聊着没劲。但是如果在说话的时候来点幽默，讲点笑话会让人感觉身心愉悦。

时机。我们都知道，在人们高兴的时候，对于别人提出的要求给予肯定的回答的可能性很大；反过来，在人们生气的时候，对于别人提出的要求给予否定的回答的可能性也是很大。这里有一个"避重就轻"的小技巧，所谓"避"就是避开躲开，"重"就是人们心情沉重或情绪低落的时候，"就"就是抓住抢占，"轻"就是人们心情轻松愉悦的时候。人都有生气或激动的时候，这时即使遇到他平时比较尊重的人也有可能会出言不逊或态度不恭。当这种时候与他说话或打电话，就很可能会遭遇不愉快的经历。比较好的处理方式是等一等，当他冷静时再说，如果有人不识趣硬要此时持续与之谈话，并且说一些他不易接受的事情，除非这人具有相当高的语言技巧，提供一些好的信息，改变他此时的情绪，否则后果很可能是不欢而散或沟通效果不佳。所以，最好是在对方情绪良好或稳定的时候进行沟通。

地点。在嘈杂或混乱的环境里，人们很容易受到干扰，很难集中精力倾听对方说话。因此，有重要的事情需要沟通时，最好是使自己和对方都处于安静和固定的场所中进行。

环境。说话要分清场合，比较重要和机密的事情，不要在大庭广众之处交谈，最好在对方时间充裕交谈空间独立的地点进行。

止言。有些话，不知自己该说还是不该说？有些话，不知该不该让别人说？想必大家都遇到过类似的困惑。我给出的建议是，不确定是否该说的话，优先选择不说；不确定该不该让别人说的话，优先选择避免让别人说，直到权衡利弊，考虑成熟再说不晚。否则将会是适得其反。

2014年5月5日星期一

说话避免相似音

朋友们或许有这样的经历,因为自己说出的话用词发音与不好的词语相似而被对方听错了,因而造成不必要的误解。小者令人不快,大者结成仇怨,对他人和自身都是一种伤害。

有一个刚上班的小伙子,到公司总部去办事,感觉一个部门主管办事效率很高,所以发自内心的说了这样一句称赞的话"您办事真是太高效了"。但是由于说得比较快,却被对方怀疑是不是在说自己办事真是太搞笑了?因为事情比较繁杂忙碌也没来得及多问,使双方的这次接触掠过一个小小的阴影。还有一对刚认识的朋友,聊天之中有些意见不太相合,这时其中一位接了一个电话有事要先走,赶紧起身表情有点严肃的和朋友说了一声"我去那边。"却让另外一位以为是在骂他,因此非常生气,两人大吵一架。

还有许多类似例子,在这就不赘述。这都是因为用词不合适造成的,提醒我们说话一定要先想清楚,说明白,说清晰,避免使用容易让人产生误解的词语,说的时候还要注意用适当的语气。一旦意识到对方可能理解错了,要立即补充,解释明白,使言语准确入耳,使词能够达意。

2014 年 10 月 24 日 12∶30

能简不繁

生活和工作中常会遇到这样一种怪现象,就是明明很简单的一件事却被我们弄得很复杂;明明一句话可以要个结果,却拐弯抹角地说上好多话,结果却不是很理想。让繁杂的事情简单化,效果会不会更好些?

还记得多年前的一件事。我有一个朋友,想要向自己认识的一位心仪已久的女孩表白。他感觉这位女孩在平时的交往中,对自己的印象应该还可以,也比较聊得来。本想直接和她说,却又怕被拒绝,就托另外一位朋友转达。这位受托的朋友认为他们两人并不合适,就向这位朋友介绍另外一位女孩,他没有接受。在他们沟通的过程中可能产生了误解,朋友以为是心仪的女孩婉拒了自己。几年后,两人都已各自成家,在一次聚会上,两人偶然相遇,朋友提起当年托人转达心意之事,女孩非常惊讶,表示自己并不知道此事。这位朋友不禁心中一阵唏嘘,可叹可惜一切已是过眼烟云。

试想当年如果他卸下顾虑,鼓起勇气,用最简捷明了的办法向女孩直接倾诉心意,会不会是另外一种结果?至少他能多一分成功的机会。托人转述,虽然是避免了可能遭遇的被当面拒绝的尴尬,但这样做第一在诚意上打了折扣,第二在效果上多了许多不确定因素,所以失败的可能性更大。还不如直截了当,行就行,不行也起码表明了心中的实际想法,使成功的可能增加许多。

有句话,大概是这么个意思:"最简单的办法就是最有效的办法。"这个道理就如同比武,令人眼花缭乱的招式往往是花架子,中看不中用,而找准机会迅速出手,常常能够一击必中。

控制好办事的节奏，安排好事务的布局

令人心旷神怡的乐章一定是节奏有张有弛，配合妥当；让人赏心悦目的画卷一定是疏密有致，浓淡相间；工作中日常事务要想办理顺利，也要善于把握好时机，控制好节奏。

技术部的李主任转发给小王一封局机关转发部机关的关于下周组织全部门人员参观发展成果活动时间安排的邮件。要求小王马上组织大家准备参加。小王仔细看了一遍邮件内容和附件表格中的内容，发现局机关要求的参观时间与部机关的时间要求不符，部机关的时间安排表显示参观时间应该是周四上午8:30，而局机关时间要求是周三上午8:30。

小王担心自己看错，又核对了两遍，确实是时间不符。是就这样直接转发给全体人员通知下去？还是马上打电话与局机关转发人进行确认？抑或先等等看，局机关的发件人发现问题自行改正？小王马上冷静地对以上想到的几种可能进行分析。直接转发显然即是对事不负责任，对人又是彰显他人失误的令人鄙薄的做法。马上打电话确认，局机关的人当时会很感谢，但过后一定会受到上级领导或同事的批评而怀疑有可能是你从中挑拨对你从此心存芥蒂。先等等看，等他及时自行改正之后再转发给部门全体人员，如果过了一天他仍未改正，就必须摒除个人的利害之念暗中提醒他，这应该是比较合适的做法。小王心里已有了无愧自己内心的答案。

第二天中午，小王果然收到了李主任转发的新邮件，局机关的转发人在邮件中郑重承认自己大意写错了时间进行更正，并明确要求按

照部机关的时间表进行。小王将邮件中的内容进行了润色和整理，又检查了三遍，确认无误这才正式通知给部门全体人员。这虽是一件"小事"，但由小可以见大，小王自己也在深深地反思这件"小事"，在他看来，这样的失误，都要引以为戒，凡事要认真对待。后来，局领导听说了这件事，对小王的沉稳正直和处事合宜的做法留下了深刻的印象。

2014年6月6日

机　会

　　大机会中包含有小机会，小机会中孕育着大机会。比较长的一个机遇期，就是所谓的大机会。反之，比较短促的稍纵即逝的机遇期就是所谓的小机会。两者互相转化相辅相成，大机会里面包含着许多的小机会，巧妙地运用这些小机会也可能创造出大的机会。

　　能否抓住它的关键在于两个字，想和做，也就是意识和行动，二者缺一不可。愚人二者都做不到；普通人只能做到前者，只会想；中人只能做到后者，只能做，但没有成熟的意识作为正确的指导；聪明人能够二者兼具，但结合得不好。

　　上智之人能够顺势而为，相机而动，引导事物的发展趋势，掌握机遇的节奏，坚持自己的意志如山不动不摇，办理各样事务如鹰隼灵活自由，如臂使指，使意识和行动配合如行云流水般顺畅。

后 记

　　值此书付梓之际，谨向各位鼓励和帮助我的亲人朋友以及各位师长致以最诚挚的感谢。感谢大家长期以来给予我有形和无形的支持。特别感谢我的父母，还有姐姐、姐夫，哥哥、嫂子多年以来对我的帮助。感谢妻子和女儿对我的支持和理解。感谢各位读者朋友。祝你们平安快乐，一切顺利，万事如意。